Arthur Conan Doyle

DR. JOHN H. WATSON
PRAKTISCHER ARZT · BAKER STREET 221B · LONDON W
Sprechstunden nach Vereinbarung
Rp.
Sherlock Holmes
der berühmteste
Detektiv aller
Zeiten.
Dr. Watson

Arthur Conan Doyle

Sherlock Holmes
Die neue Katakombe

Nach dem englischen Original neu erzählt
von Sabine Reinhardt-Jost

Franckh'sche Verlagshandlung
Stuttgart

Nach dem englischen Original neu erzählt von Sabine Reinhardt-Jost

Schutzumschlag von Aiga Rasch

CIP-Kurztitelaufnahme der Deutschen Bibliothek

Doyle, Arthur Conan:
Sherlock Holmes – Die neue Katakombe / Arthur Conan Doyle. Nach d. engl. Orig. neu erzählt von Sabine Reinhardt-Jost. – Stuttgart : Franckh, 1985.
ISBN 3-440-05538-8
NE: Reinhardt-Jost, Sabine [Bearb.]

Franckh'sche Verlagshandlung, W. Keller & Co., Stuttgart / 1985

ISBN 3-440-05538-8 / L 9sl H vk
Printed in Czechoslovakia / Imprimé en Tchécoslovaquie
Satz: G. Müller, Heilbronn
Gesamtherstellung durch Artia, Prag

Sherlock Holmes
Die neue Katakombe

Zwei wichtige Herren stellen sich vor

Baker Street 221B ist eine Adresse, die man in ganz London – nein überall in England – ach was, in ganz Europa kennt. Warum? Nein! Nicht weil von hier aus England regiert wird. Das passiert in der Downing Street. In der Baker Street wird nicht über das Schicksal von Völkern entschieden. Aber über das Schicksal von Menschen! Hier wohnt Sherlock Holmes, der berühmte Detektiv. Seine Hilfe suchen und finden viele. Er gewährt sie gern, denn es reizt ihn, seinen scharfen Verstand gegen das Verbrechen in jeder Form einzusetzen, gleich ob es sich um Diebstahl, Erpressung, Mord, Entführung oder anderes handelt, was sich Verbrecher zum Schaden ihrer Mitmenschen ausdenken. Und je intelligenter der Verbrecher, desto eifriger ist Holmes bei der Sache. Es sind die schwierigen Aufgaben, die ihn besonders reizen. Die Natur und eigener Fleiß haben ihn dafür mit besonderen Talenten ausgestattet: messerscharfem, analytischem Verstand, ausgezeichnetem Gedächtnis, außergewöhnlicher Beobachtungsgabe, feinstem Einfühlungsvermögen, Kombinationsfähigkeit, Liebe zum Detail, Zähigkeit, Mut und Kaltblütigkeit, Verschwiegenheit, ausgezeichneten Kenntnissen in Chemie und anderen praktischen Naturwissenschaften.

Sherlock Holmes liebt die Musik, spielt selbst Violine, ist ein unermüdlicher Arbeiter, kann aber auch ganze Tage mit Nichtstun verbringen. Er macht nicht viel Wesens von seinen Erfolgen und sagt immer: »Ich vollbringe keine Wunder, ich denke nach!« Wäre da nicht Dr. John H. Watson, der auf Grund einer Kriegsverletzung

frühzeitig pensionierte Militärarzt, wir wüßten wohl nur das wenige, was damals die Zeitungen über die im folgenden geschilderten Fälle erwähnten. So aber hat Dr. Watson getreulich alles, was er an der Seite seines Freundes erlebte, aufgeschrieben.
Die beiden wohnen übrigens auch zusammen, in der Baker Street 221B. Das geht gut, denn ihre Temperamente ergänzen sich. Getroffen haben sie sich zufällig – bei der Wohnungssuche. Aus der Wohngemeinschaft ist inzwischen eine echte und tiefe Freundschaft geworden. Sherlock Holmes und Dr. Watson können sich aufeinander verlassen. Holmes meckert zwar gelegentlich über die angeblich zu »fantasievolle« Berichterstattung seines Freundes. Im Grunde aber fühlt er sich geschmeichelt durch Watsons bewundernde Begeisterung. Auch weiß er, daß nicht nur seine Leistungen, sondern auch Watsons Darstellungskunst ihn als Detektiv so bekannt gemacht haben.
Man muß zugeben, daß Watson es wirklich versteht, die Aufgaben zu schildern, vor die sich der Meisterdetektiv gestellt sieht. Einfach sind sie nicht: Handelte es sich nur um schrecklichen Leichtsinn, der Kennedy dazu bewogen hatte, allein und ohne Licht in die nach vielen Jahrhunderten neu entdeckte Katakombe zu gehen? Fünfzehn Millionen Dollar für das Zusammentreffen dreier Männer mit dem seltenen Namen Garrideb? Ist es ein verrückter Einfall eines Millionärs oder ein handfester Betrug?
Das leere Haus leistet Holmes wertvolle Dienste bei einem Täuschungsmanöver der Spitzenklasse. Komisch oder tragisch? Das ist im nächsten Fall die Frage. Eine Gruft, ein wertvoller Hund, Menschenknochen und ein Mann mit schlechtem Ruf und seltsamem Gehabe liefern Holmes viel Stoff zum Nachdenken.

Die neue Katakombe

Ach, wie schön, Watson, daß Sie Zeit gefunden haben vorbeizuschauen«, begrüßte mich Sherlock Holmes. »Es ist ungewöhnlich kalt draußen in diesem November. Kommen Sie, setzen Sie sich zu mir an den Kamin.«

Holmes wies mit dem Kinn auf einen der beiden Sessel dicht am Feuer, und ich nahm Platz. Einige Minuten saßen wir schweigend da, und ich genoß die Wärme.

»Übrigens, Watson«, begann dann mein Freund und zog an seiner Pfeife. »Ich bin vor ein paar Tagen in meiner Notizen- und Zeitungsausschnitte-Sammlung auf einen Fall gestoßen, der tief in die Abgründe der menschlichen Seele blicken läßt.« Ein Anflug von einem ironischen Lächeln spielte um Holmes' schmale Lippen. »Sie müßten sich daran erinnern. Die Presse hatte damals eine rührselige Geschichte von Opfern für die Archäologie daraus gesponnen und viel von Freundschaft geschrieben. Es war die Sache mit der neuen Katakombe in Rom.«

»Tut mir leid, ich habe keine Ahnung, was Sie meinen«, entgegnete ich.

Holmes schüttelte ungehalten den Kopf.

»Ein tragischer Unfall, der mich kombinieren ließ. Ich war damals in Rom und deutete einem Bekannten bei der Polizei gegenüber an, daß meiner Auffassung nach mehr dahinterstecke. Er winkte ab, nur nicht so viel Arbeit, Sie verstehen. Doch etwa ein halbes Jahr später erhielt ich einen Bericht, der ein ganz anderes Licht auf die Sache warf und meine Vermutungen bestätigte. Mir ist der Fall wieder in den Sinn gekommen, weil die beiden Freunde sich darin ebenfalls am Kaminfeuer wärmen.

Hören Sie zu, Watson, ich will Ihnen erzählen, was sich wirklich ereignet hat:

Die Personen sind zwei berühmte Kenner des alten Rom, nämlich der Däne Jansen und der Engländer Kennedy. Die beiden Altertumsforscher saßen an einem kalten Abend in Kennedys behaglichem Zimmer hoch über dem Corso beisammen. Sie hatten ihre Sessel an den italienischen Kamin gerückt, der wenig in Gebrauch gewesen war und jetzt mehr Muffigkeit als Wärme ausstrahlte. Draußen unter dem klaren winterlichen Sternenhimmel lag das moderne Rom mit seinen Ketten von Gaslaternen, den beleuchteten Cafés, dem Droschkengerassel und Menschengewimmel auf den Bürgersteigen. Doch im Innern des prunkvoll eingerichteten Zimmers des reichen jungen englischen Gelehrten fühlte man sich ganz im antiken Rom.

Vom Alter gezeichnete, mit Sprüngen durchzogene Reliefs hingen an den Wänden, und aus den Ecken schauten überall verwitterte Büsten von Senatoren und Heerführern mit scharfkantigen Schädeln und harten, grausamen Gesichtern hervor. Auf einem großen Tisch in der Mitte des Zimmers stand, umlagert von Ornamentbruchstücken, Kopien von Inschriftstafeln und Zeichnungen antiker Stätten, Kennedys Modell für die Rekonstruktion der Thermen des Caracalla. Es hatte bei einer Ausstellung in London weithin Aufsehen erregt. Amphoren hingen von der Decke herab, und auf dem großen kostbaren Orientteppich fand sich in ziemlichem Durcheinander eine Sammlung schönster Fundstücke. Es war kein einziges Stück darunter, dessen Echtheit angezweifelt werden konnte. Im Gegenteil; alle waren von außerordentlicher Rarität und enormem Wert. Kennedy zählte, obwohl erst knapp über dreißig, zu den hervorragendsten Kennern auf diesem Gebiet in ganz Europa. Darüber hinaus verfügte er über ein beträchtliches Vermögen, was sich für so einen jungen Gelehrten lähmend auf Ausdauer und Fleiß auswirken kann. Hat er sich seiner Aufgabe jedoch mit ganzem Eifer verschrieben, sind solche Mittel eine unschätzbare Hilfe auf dem Weg zum Ruhm. Kennedy hatte sich zwar häufig durch Launen und Vergnügen von seinen Studien abhalten lassen, aber neben seinem Hang zu sinnlichen Ausschweifungen verfügte er über Entschlossenheit und starken Willen, was ihn immer wieder an seine Aufgabe zurückkehren ließ. Sein hübsches Gesicht mit der hohen weißen Stirn, der kühnen, leicht gebogenen Nase und dem weichen, recht genußfreudigen Mund zeugte ziemlich gut von dieser ausgewogenen Mischung aus Energie und Schwäche in seinem Wesen.

Sein Kollege, Dr. Peter Jansen, unterschied sich schon vom Äußeren her sehr von ihm. Er stammte von einem dänischen Vater und einer italienischen Mutter, und so vereinten sich in seiner Person die kraftvollen harten Eigenschaften des Nordens auf ungewöhnliche Art mit den sanfteren Reizen des Südens. Strahlend blaue Augen leuchteten aus einem etwas derben sonnengebräunten Gesicht. Die Stirn war viereckig und wuchtig und wurde von einer Fülle blonder Locken umrahmt. Sein glattrasiertes Kinn sprang fest und energisch vor und erinnerte, wie sein Kollege es ihm schon oft lachend gesagt hatte, an die römischen Büsten in all den dunklen Winkeln des Zimmers. Die Strenge und gewisse Rohheit in seinen nordischen Zügen wurde sehr interessant von einem Anflug italienischer Feinheit gemildert. Und sah man das ehrliche Lächeln und die Offenheit in den Augen, wußte man, daß das Übrige nur Äußerlichkeiten waren, die von seiner Herkunft zeugten, aber kaum etwas über sein Wesen aussagten. In Alter und wissenschaftlichem Ansehen stand er auf gleicher Stufe mit seinem englischen Kollegen, doch sein Leben und seine Arbeit waren um vieles beschwerlicher verlaufen. So war er vor zwölf Jahren als armer Student nach Rom gekommen und hatte sich seither mit Hilfe eines bescheidenen Forschungsstipendiums durchgebracht. Mühsam und verbissen hatte er mit ungeheurer Hartnäckigkeit und außerordentlichem Fleiß langsam Sprosse für Sprosse auf der Leiter zum Ruhm erklommen. So war er zum Mitglied der Kopenhagener Akademie der Wissenschaften ernannt worden, und alles wies darauf hin, daß er in Kürze auf einen Lehrstuhl berufen würde. Sein ganz zielstrebig nur auf seine Karriere als Archäologe ausgerichteter Ehrgeiz hatte ihm zwar dazu verholfen, in seinem Fach auf derselben hohen Stufe zu stehen wie der brillante reiche Engländer, doch in allem, was außerhalb der Arbeit lag, befand er sich unendlich tief unter dem Niveau des anderen. Da er sich völlig seinen Studien verschrieben hatte, war ihm nie Zeit geblieben, gesellschaftliche Fähigkeiten zu entwickeln, was seine beschränkte finanzielle Lage auch nicht so recht erlaubt hätte. So wirkte er in den Salons und auf anderen Einladungen verlegen und plump, sich seiner Begrenzungen auf derart vielen Gebieten schmerzlich bewußt. Von seinem Wesen her schon seichten Plaudereien gegenüber abgeneigt, verschanzte er sich hinter dem Argument, die Leute machten immer so viele Worte, weil sie keine eigenen Gedanken auszudrücken hätten. Nur wenn er von seiner Arbeit reden konnte, kam Leben und Begeisterung in sein Gesicht, und dann verstand er es, seine Umgebung in geistvollen Gesprächen für sich zu gewinnen.

›Seien Sie doch vernünftig, Jansen‹, sagte Kennedy, ›und ziehen Sie mich ins Vertrauen.‹

Trotz der Verschiedenheit und der mehr oder weniger verborgenen Rivalität war zwischen den beiden Männern über die Jahre aus einer Bekanntschaft eine Kameradschaft entstanden, die in letzter Zeit allmählich zu einer tiefen Freundschaft heranzureifen schien. Die Grundlage hierfür war wohl der Umstand, daß sie unter der jüngeren Generation der Fachleute von ihrem Wissen und ihren Fähigkeiten her die einzigen waren, die den Wert des anderen richtig einzuschätzen wußten. Ihre gemeinsamen Interessen und Forschungen hatten sie zusammengeführt, und jeder war von den Kenntnissen des anderen fasziniert gewesen. Dann war noch etwas anderes hinzugekommen. Kennedy hatte an der Offenheit und Einfachheit seines Kollegen Gefallen gefunden, während Jansen von der Brillanz und der Lebensgewandtheit des Rivalen angezogen war, die diesen zum erklärten Liebling der römischen Gesellschaft gemacht hatten. Doch gerade damals war Kennedy bei so manchem etwas in Verruf geraten. Eine Liebesgeschichte, deren Einzelheiten nie richtig bekannt geworden waren, hatten eine Härte und Gefühllosigkeit bei ihm an den Tag gebracht, über die viele seiner Freunde erschrocken waren. Doch in den Junggesellenkreisen der Studenten und Künstler, in denen er am liebsten verkehrte, verblaßte sein Stern dadurch kaum. Hier war der Ehrenkodex in diesen Dingen weniger streng. Und obwohl der eine oder andere mißbilligend den Kopf schüttelte, weil sich Kennedy offensichtlich auf nicht sehr feine Weise seiner letzten Dame entledigt hatte, reagierte man im großen und ganzen nur mit Geflüster, Achselzucken und Augenbrauenhochziehen auf die Affäre. So war das allgemeine Gefühl ihm gegenüber eher von Neugierde und vielleicht auch Neid geprägt als von Verurteilung.

›Hören Sie doch, Jansen‹, wiederholte Kennedy und blickte hartnäckig auffordernd in das ruhige, selbstzufriedene Gesicht seines Gefährten. ›Sie müssen mir Ihr Vertrauen schenken!‹

Während er das sagte, wies er mit einer energischen Handbewegung zu einer Decke hin, die auf dem Boden ausgebreitet lag. Darauf stand ein flacher viereckiger Korb aus leichtem Binsengeflecht, wie man ihn in der Campagna benutzt. Er war mit den unterschiedlichsten Fundstücken angefüllt: Ziegelsteine mit Inschriften, Graffitti, Mosaikbruchstücke, Papyrusfetzen, verrostete eiserne Ornamente und vieles mehr. Für den Laien mußte es eher wie eine Schrott- oder Abfallsammlung anmuten, doch der Kenner sah auf den ersten Blick das Einmalige an dem Inhalt. Das Gerümpel in dem flachen Binsenkorb gab Einblick in einen bisher kaum erforschten Teil der Geschichte des alten Rom. Der Däne hatte die Altertümer mitgebracht, und der Engländer ließ nicht davon ab, sie förmlich mit den Augen zu verschlingen.

›Ich möchte mich ja nicht in Ihre Schatzsuche einmischen, aber Sie verstehen sicher, daß ich darauf brenne, Näheres darüber zu erfahren‹, drängte Kennedy weiter. Jansen zündete sich ganz gemächlich eine Zigarre an. ›Es handelt sich zweifellos um eine äußerst wichtige Entdeckung‹, fuhr Kennedy fort. ›Diese Inschriften werden in ganz Europa eine Sensation auslösen.‹

›Ja, und für jeden von uns beiden gibt es da Berge davon‹, bekräftigte der Däne. ›Es sind an dem Fundort tatsächlich so viele interessante Stücke vorhanden, daß mindestens ein Dutzend Gelehrter ihr Leben lang darüber forschen und sich einen Ruhm erwerben können, der so unumstößlich fest wie die Engelsburg sein wird.‹

Kennedy saß da, die schöne hohe Stirn in finstere Falten gelegt, und seine Finger zwirbelten in einem fort den langen blonden Schnurrbart.

›Sie haben sich verraten, Jansen‹, sagte er schließlich und lachte. ›Ihre Worte lassen nur auf eines schließen: Sie haben eine neue Katakombe entdeckt. Stimmt's?‹

›Ich war mir sicher, daß Sie aus den Fundstücken schon darauf geschlossen hatten.‹

›Nun ja, sie deuteten recht klar darauf hin, aber Ihre Äußerung eben gibt mir endlich Gewißheit. Ich wüßte außer einer Katakombe keinen anderen Ort, der so reich an Material sein könnte, wie Sie es beschrieben haben.‹

›Ganz richtig. Ich will auch kein Geheimnis daraus machen. Ich habe wirklich eine neue Katakombe entdeckt.‹

›Wo?‹

›Ja, das wiederum bleibt mein Geheimnis, lieber Kennedy. Ich will Ihnen nur soviel verraten: Sie liegt derart verborgen, daß nicht die geringste Wahrscheinlichkeit besteht, ein anderer könnte sie in nächster Zeit aufspüren. Die Periode, aus der die Katakombe stammt, weicht von der aller bisher bekannten Katakomben ab. Sie war übrigens für die Beerdigung der höchstgestellten Christen angelegt, so daß die Überreste, wie Sie ja sehen, sich wesentlich von denen aus den anderen Katakomben unterscheiden. Wüßte ich

nicht, über welche hervorragenden Kenntnisse und welche Energie Sie verfügen, werter Freund, würde ich nicht zögern, Ihnen unter dem Siegel der Verschwiegenheit alles zu erzählen. Doch so ziehe ich es vor, die Dinge in Ruhe für mich zu ordnen und einen ersten Bericht zu verfassen, bevor ich mich Ihrer Konkurrenz aussetze.‹
Kennedy liebte sein Gebiet der Archäologie mit einer Hingabe, die schon an Manie grenzte und die ihn über all den, bei einem reichen, dem Leben zugewandten jungen Mann, unausbleiblichen Ablenkungen nie ganz seine Arbeit vergessen ließ. Er besaß Ehrgeiz, forschte aber ohne Verbissenheit, denn das eigentliche Motiv war eine drängende Neugier, möglichst alles zu erfahren, was das frühere Leben und die Geschichte der Stadt betraf. Jede neue Möglichkeit der Entdeckung erfüllte ihn mit Freude und verlieh ihm eine enorme Tatkraft. Deshalb war er so begierig darauf, diese neue Unterwelt zu sehen, die sein Kollege entdeckt hatte.
›Hören Sie, Jansen‹, sagte er ernst, ›ich kann Ihnen versichern, Sie brauchen überhaupt keine Bedenken zu haben, mir diese Sache anzuvertrauen. Ich gebe Ihnen mein Wort, daß ich keine Silbe über die Entdeckung an die Öffentlichkeit bringen werde, bevor Sie mir nicht ausdrücklich die Erlaubnis dazu erteilen. Ich begreife Ihren Standpunkt sehr gut, und ich halte ihn auch für durchaus verständlich, aber Sie haben von meiner Seite wirklich nicht das Geringste zu befürchten. Dazu schätze ich Sie viel zu sehr. Doch ich garantiere Ihnen, weihen Sie mich nicht in Ihr Geheimnis ein, werde ich all meine Kraft darauf verwenden, systematische Untersuchungen anzustellen, die mich letzten Endes höchstwahrscheinlich die Katakombe finden lassen. In diesem Fall würde ich natürlich unbeschränkten Gebrauch von meiner Entdeckung machen, weil ich Ihnen gegenüber dann keine Rücksicht nehmen müßte.‹
Jansen lächelte tiefsinnig vor sich hin und zog an seiner Zigarre.
›Mir ist aufgefallen, Freund Kennedy‹, entgegnete er nach einer längeren Pause, ›daß Sie nicht immer so bereit sind, mir eine Auskunft zu geben, wenn ich Sie darum bitte.‹

›Wann haben Sie mir je eine Frage gestellt, ohne daß ich versucht hätte, Ihnen, so gut es mir möglich war, Antwort zu geben? Sie erinnern sich bestimmt, daß ich Ihnen zum Beispiel das Material zu Ihrem Bericht über den Vesta-Tempel lieferte.‹
›Nun ja, das war keine Sache von großer Bedeutung. Ich zweifle jedoch, daß Sie mir Auskunft geben würden, wenn ich Intimes von Ihnen erfahren wollte. Diese neue Katakombe ist für mich in gewisser Weise etwas sehr Intimes, und ein Zeichen des Vertrauens von Ihrer Seite würde mir so etwas wie Sicherheit geben.‹
›Ich habe keine Ahnung, worauf Sie anspielen‹, entgegnete der Engländer. ›Doch wenn Sie damit meinen, daß Sie meine Frage nach der neuen Katakombe beantworten, sobald ich Ihnen auf eine Frage Ihrerseits Rede und Antwort gestanden habe, dann kann ich nur sagen, ich bin jederzeit dazu bereit.‹
›Also gut‹, kam es von Jansen, der sich mit zufriedener Miene zurücklehnte und genüßlich blaue Dunstwolken ausstieß, als wolle er Kennedy möglichst lange auf die Folter spannen. ›Erzählen Sie mir von Ihrer Beziehung zu Miß Mary Saunderson‹, ließ er endlich die Katze aus dem Sack.
Kennedy fuhr in seinem Sessel herum und funkelte seinen ungerührt weiterpaffenden Freund an.
›Was, zum Teufel, soll denn das?‹ rief er. ›Die Frage paßt wohl nicht hierher. Wollen Sie einen Witz machen, oder was haben Sie vor? Aber ein schlechterer ist Ihnen noch nie eingefallen.‹
›Nein, das war durchaus nicht als Scherz gedacht‹, sagte Jansen ruhig. ›Mich interessieren einfach die Einzelheiten dieser Angelegenheit. Ich habe nicht viel Ahnung von der Welt und den Frauen und all den Dingen, die damit zusammenhängen. Was man sich über Sie und das Mädchen erzählt, hat für mich deshalb eine ungeheure Faszination. Das ist praktisch Ihre Katakombe, in die ich um Einlaß begehre. Ich kannte das Mädchen vom Sehen – ich habe sogar auch ein- oder zweimal mit ihr gesprochen. So möchte ich gern aus Ihrem Mund hören, was wirklich zwischen Ihnen vorgefallen ist.‹

›Davon sage ich Ihnen kein Wort!‹

›Na schön, es war auch nur eine Laune von mir. Ich wollte sehen, ob Sie so leicht ein Geheimnis aufgeben würden, wie Sie es von mir mit der Katakombe verlangen. Sie tun es nicht. Das finde ich ganz natürlich. Warum also bedrängen Sie mich, anders zu handeln? Hören Sie, es hat eben zehn Uhr von San Giovanni geschlagen. Es ist Zeit, daß ich mich nach Hause begebe.‹

›Nein, bleiben Sie noch etwas, Jansen‹, hielt ihn Kennedy zurück. ›Ich finde, es ist eine schrullige Idee von Ihnen, daß ich Ihnen unbedingt eine Liebesgeschichte erzählen soll, die seit Monaten ausgestanden ist. Wissen Sie denn nicht, daß wir Engländer einen Mann, der über seine Liebesaffären spricht, für ehrlos halten? Wir pflegen über solche Dinge diskret zu schweigen.‹

›Gewiß‹, entgegnete der Däne und schloß den Korb, ›wenn es um eine Liebesgeschichte ginge, von der nichts bekannt geworden wäre, könnte ich Ihre Skrupel durchaus verstehen. Aber in diesem Fall war die Sache doch, wie Ihnen aufgefallen sein muß, Gesprächsstoff von ganz Rom. So beleidigen Sie Miß Saunderson nicht im geringsten, wenn Sie mir darüber erzählen. Im Gegenteil, Sie haben die Gelegenheit, den Klatsch richtigzustellen. Doch ich will Ihre Bedenken respektieren. Gute Nacht also.‹

›Warten Sie noch einen Augenblick, Jansen‹, sagte Kennedy und legte dem anderen seine Hand auf den Arm. ›Ich bin so gespannt auf Näheres über den Katakombenfund, daß ich nicht so leicht bereit bin, lockerzulassen. Ich kann Ihnen anbieten, mir nochmals als Gegenleistung eine Frage zu stellen, die vielleicht etwas weniger sonderlich ist, und ich will Ihnen gern Antwort geben.‹

›Nein, nein. Sie haben sich geweigert zu antworten, damit ist die Sache für mich erledigt‹, entgegnete Jansen und hob den Korb auf. ›Sie haben Ihre Gründe dafür, und ich habe die meinen und handele deshalb ebenso richtig. Also, nochmals gute Nacht, mein lieber Kennedy.‹

Der Engländer sah Jansen nach, wie er quer durchs Zimmer zur Tür

ging. Als dieser gerade die Hand auf die Klinke legen wollte, sprang er auf. Sein Gesicht zeigte, daß er bereit war, gute Miene zum bösen Spiel zu machen.
›Halt, alter Freund!‹ rief er. ›Ich bin zwar weiterhin der Auffassung, Sie haben sich da etwas Albernes in den Kopf gesetzt, aber wenn Sie auf dieser einen Bedingung bestehen, bleibt mir wohl nichts anderes übrig, als mich ihr zu unterwerfen. Es widerstrebt mir, auch nur irgend etwas über das Mädchen auszuplaudern, aber, wie Sie schon sagten, spricht ja ganz Rom von der Geschichte, und ich glaube nicht, daß ich Ihnen noch etwas erzählen kann, was Sie nicht schon irgendwo gehört haben. Was wollen Sie denn alles wissen?‹
Der Däne kehrte zum Kamin zurück, stellte seinen Binsenkorb wieder ab und ließ sich in seinen Sessel fallen.
›Kann ich mir noch eine Zigarre nehmen?‹ fragte er. Kennedy nickte. ›Danke. Wenn ich arbeite, habe ich nie Lust darauf. Aber ein Gespräch genieße ich viel mehr mit etwas Schönem zum Rauchen. Ja, dann lassen Sie uns ein wenig über die junge Dame plaudern, mit der Sie das kleine Abenteuer hatten. Was ist übrigens aus ihr geworden?‹
›Sie ist wieder zu Hause.‹
›Was, wirklich? In England?‹
›Ja.‹
›Wo dort? In London?‹
›Nein, in Twickenham.‹
›Verzeihen Sie mir meine Neugier, mein lieber Kennedy. Ich bin eben in diesen Dingen so unerfahren. Es scheint also eine recht einfache Sache, eine unbescholtene junge Dame zu überreden, mit Ihnen für drei Wochen auf- und davonzugehen und sie dann anschließend wieder, als sei nichts gewesen, ihrer Familie auszuhändigen, die in ... in ... Wie hieß der Ort noch mal?‹
›Twickenham.‹
›Ach, ja, Twickenham wohnt. Ich hatte mir so etwas sehr schwierig vorgestellt, weil ich mir dachte, der Ruf der jungen Dame müßte

doch nach so einem Abenteuer mit Ihnen in Mitleidenschaft gezogen sein. Aber das ist eben ein Fall, der weit außerhalb meines Erfahrungsbereiches liegt. Ich kann mir deshalb gar nicht vorstellen, wie Sie die Sache angepackt haben. Was ich auch nicht begreife, ist, hätten Sie das Mädchen wirklich geliebt, so wäre doch Ihre Liebe kaum in drei Wochen vergangen. Daher denke ich mir, Sie haben sie gar nicht richtig geliebt. Aber wenn das zutrifft, warum haben Sie dann diesen großen Skandal heraufbeschworen, der Ihnen geschadet und das Mädchen ruiniert hat?‹

Kennedy starrte eine Weile gedankenverloren in die Glut des Kamins.

›Sie betrachten die Sache mit der kühlen Logik eines Mannes, der noch nicht die ganze Bandbreite der Liebe kennt‹, erwiderte er schließlich. ›Liebe ist ein so großes Wort und umfaßt eine Menge Gefühlsschattierungen. Ich mochte sie gern, sie reizte mich. Sie wissen ja selber, wie entzückend sie aussehen konnte. Welches Männerherz schlägt da nicht schneller? Doch wenn ich jetzt zurückblicke, muß ich zugeben, ich hätte sie nie wirklich lieben können.‹

›Warum haben Sie dann das alles getan? Das kann ich nicht verstehen, werter Kollege.‹

›Die abenteuerlichen Umstände haben mich fasziniert.‹

›Wie? Sind Sie so versessen auf Abenteuer?‹

›Ach, wie eintönig wäre doch unser Leben ohne sie. Als ich anfing, ihr den Hof zu machen, war es, weil ich mir ein Abenteuer versprach. Ich habe früher viel Zeit auf die Jagd verwendet. Doch keine Jagd kann aufregender sein als die auf eine schöne Frau. Und in ihrem Fall kamen noch pikante Schwierigkeiten dazu. Wie Sie bestimmt wissen – Hindernisse reizen, und die gesamte Situation bei ihr forderte mich erst recht heraus. Sie war Gesellschaftsdame bei Lady Emilie Rood und von daher so gut wie unmöglich allein zu sprechen. Außerdem erfuhr ich bereits ziemlich zu Beginn unserer Beziehung aus ihrem eigenen Munde, daß sie verlobt war. Das sporne mich noch mehr an. Die alte Rivalität – wer bedeutet ihr mehr – ich oder der andere?‹

›Mein Gott, mit wem war sie denn verlobt?‹

›Sie hat seinen Namen nie erwähnt.‹

›Ich kann mir auch nicht vorstellen, daß jemand davon weiß. Ich sehe, dadurch wurde das Abenteuer für Sie noch viel interessanter.‹

›Ja, es gab ihm einen ganz besonderen Reiz. Einen Kitzel. Finden Sie nicht auch?‹

›Ich weiß nicht. Ich sagte Ihnen ja, daß ich in solchen Dingen schrecklich unerfahren bin.‹

›Mein lieber Freund, Sie werden sich doch bestimmt noch erinnern, daß die Äpfel, die Sie als Junge in Nachbars Garten stahlen, soviel süßer schmeckten als die bei Ihnen. Und dann merkte ich auch, daß sie in mich vernarrt war.‹

›Wie? Gleich von Anfang an?‹

›Oh, so einfach lief es nicht. Dazu bedurfte es schon drei Monate harter Wühlarbeit. Ich mußte erst einmal ihre Bedenken untergraben. Doch zum Schluß hatte ich sie ganz für mich gewonnen. Sie sah auch ein, daß ich sie nicht heiraten konnte, weil ich ja von meiner Frau nur gerichtlich getrennt und nicht geschieden bin. Trotzdem kam sie, und ich kann sagen, wir haben wundervolle Wochen miteinander verlebt, bis das Abenteuer sein Ende fand.‹

›Aber der andere – ihr Bräutigam?‹

Kennedy zuckte mit den Achseln.

›Ich denke, es war ein fairer Wettkampf. So geht es nun mal in der Natur zu. Der Bessere kommt zum Zuge. Wäre er der Stärkere und Interessantere gewesen, hätte sie ihn doch nicht verlassen, oder? Hören wir auf mit dem Thema. Ich habe genug davon!‹

›Nur eines noch zum Schluß! Wie gelang es Ihnen, sie nach drei Wochen wieder loszuwerden?‹

›Nun, wir hatten uns beide ein bißchen abgekühlt, verstehen Sie. Solch ein Hochgefühl der Verliebtheit mit all den schönen Stunden ist selten eine Sache von längerer Dauer. Sie wollte unter keinen

Umständen nach Rom zurück, denn sie konnte nach der Affäre schlecht all den Leuten, die sie kannte, ins Gesicht sehen. Für mich ist Rom jedoch lebenswichtig, und ich sehnte mich auch wieder nach meiner Arbeit zurück. Das alles gab mir einen guten, stichhaltigen Grund zur Trennung, ohne sie zu sehr zu verletzen. Doch so einfach ging es dann leider nicht über die Bühne. Ihr betagter Vater tauchte in dem Hotel in London auf, und es kam zu einer fürchterlichen Szene. Die ganze Geschichte wurde für mich noch derart unangenehm, daß ich, obwohl ich sie anfangs schrecklich vermißte, recht froh war, das Weite suchen zu können. So, und jetzt verlasse ich mich darauf, daß Sie Stillschweigen darüber bewahren.‹

›Mein lieber Kennedy, ich würde nicht im Traum daran denken, so etwas zu tun. Mich interessiert das alles eben nur sehr, weil ich eine Menge daraus lernen kann. Ich habe einen Einblick in Ihre Auffassung von den Dingen bekommen, die von meiner ganz verschieden ist. Wie wenig kenne ich doch das Leben! Und jetzt möchten Sie von meiner neuen Katakombe hören. Es hat keinen großen Wert, sie Ihnen zu beschreiben, weil es Ihnen letzten Endes doch nicht genug wäre. Wie ich gesehen habe, sind Sie jemand, der alles ganz auskosten will. Da gibt es dann wohl nur einen Weg – ich führe Sie hin. Allein würden Sie sie auch nach meinen genauesten Angaben nicht finden.‹

›Das ist ja großartig!‹

›Wann würde es Ihnen denn passen, sie aufzusuchen?‹

›Je eher, desto besser. Ich brenne vor Ungeduld, sie zu sehen.‹

›Nun, wenn Sie es nicht erwarten können – heute ist eine schöne klare Nacht, höchstens ein bißchen kalt. Was hielten Sie davon, schon in einer Stunde aufzubrechen? Wir müssen dabei sehr vorsichtig vorgehen, um das Geheimnis nicht zu verraten. Wenn uns jemand zu dieser Zeit zusammen unterwegs sieht, könnte er argwöhnen, daß etwas ganz Besonderes dahintersteckt. Ich möchte sicher sein, daß uns niemand nachspioniert.‹

›Ja, wir können nicht vorsichtig genug sein‹, bestätigte Kennedy.

›Ist es weit bis zu der Stelle?‹
›Ein paar Meilen.‹
›Ist das zu Fuß nicht ein bißchen zuviel?‹
›Nein, das schaffen wir leicht. Und es wird uns guttun nach all den Stunden am Kamin.‹
›Sie haben recht, es ist wahrscheinlich wirklich das Beste zu gehen. Ein Kutscher könnte Argwohn schöpfen, wenn er uns beide in der dunklen Nacht an einem einsamen Platz absetzen soll.‹
›Genau. Ich denke mir, es wäre günstig, wenn wir uns um Mitternacht am Tor der Via Appia treffen. Ich muß erst noch in meine Wohnung zurück, um Zündhölzer, Kerzen und die übrigen Sachen zu holen, die wir brauchen.‹
›Ist mir sehr recht, Jansen. Es ist sehr nett von Ihnen, mich in Ihr Geheimnis einzuweihen. Ich verspreche Ihnen auch nochmals, ich werde Ihr Vertrauen nicht mißbrauchen und kein Wort an die Öffentlichkeit dringen lassen, bis Sie Ihren Bericht fertiggestellt haben. Bis nachher also. Um Punkt zwölf bin ich am Tor der Via Appia.‹

Die kalte klare Luft war von dem weithin hallenden harmonischen Geläute der Glocken der Stadt angefüllt, als Jansen in einem weiten dunklen Umhang, eine nicht angezündete Laterne in der Hand, zum Treffpunkt schritt. Kennedy kam aus dem bergenden Schatten des alten römischen Torbogens auf ihn zu.
›Sie sind in Ihrem Beruf genauso leidenschaftlich wie in der Liebe‹, sagte Jansen lächelnd.
›Stimmt, ich warte hier schon fast eine halbe Stunde.‹
›Hoffentlich haben Sie nichts getan, woraus man auf das Ziel unseres Ausflugs schließen könnte?‹
›Für was für einen Narren halten Sie mich, Jansen! Beim Jupiter! Ich bin bis auf die Knochen durchgefroren. Kommen Sie, marschieren wir uns warm.‹
Ihre Schritte hallten hart auf dem groben Pflaster der Via Appia,

dieser einst so berühmten Straße, die über all die Zeit viel von ihrem einstigen Glanz eingebüßt hat. Einige Bauern kehrten aus der Taverne heim, und zwei, drei Karren mit Erzeugnissen der Umgebung holperten in Richtung Rom. Sonst begegneten sie weit und breit niemandem. Nach einer Weile ragten rechts und links von ihnen die Schatten alter Denkmäler in der Dunkelheit auf. Trotz des klaren Himmels konnte man sie mehr ahnen als sehen. Die beiden jungen Gelehrten gingen in raschem Tempo weiter, bis sie zu den Katakomben von St. Calixtus kamen und sich gegen die Helle des aufgehenden Mondes das massige runde Grabmal der Caecilia Metella abzeichnete. Jansen blieb plötzlich stehen, die eine Hand in die Seite gepreßt.

›Ihre Beine sind länger als meine, und das Laufen sind Sie auch besser gewöhnt als ich‹, sagte er lachend. ›Ich glaube, die Stelle, wo wir abbiegen müssen, ist hier irgendwo in der Nähe. Jawohl, dort hinter der Trattoria. Der Pfad ist recht schmal, da gehe ich besser voraus, und Sie folgen mir.‹

Er hatte inzwischen seine Laterne angezündet, und in ihrem Schein folgten sie dem schlecht ausgetretenen, engen Feldweg durch das etwas morastige Gelände der Campagna. Der große römische Aquädukt wand sich wie eine überdimensionale Raupe durch die mondbeschienene Landschaft. Ihr Weg führte durch einen der gewaltigen Bögen und an dem großen Halbrund verwitterter Steinreste vorbei, die den Platz der alten Arena bezeichneten. Schließlich blieb Jansen vor einem einsam gelegenen Stallgebäude stehen und zog einen Schlüssel aus der Tasche.

›Ihre Katakombe liegt doch nicht etwa in diesem Haus?‹ fragte Kennedy erstaunt.

›Nicht direkt. Aber der Eingang dazu. Gerade das bietet uns die Sicherheit, daß sie niemand entdecken wird.‹

›Und der Besitzer weiß nichts davon?‹

›Nein, er hat nicht die geringste Ahnung. Er hatte ein paar Funde gemacht, mit denen er nichts anzufangen wußte, die mir jedoch sag-

ten, daß sein Haus über dem Eingang zu einer Katakombe stehen mußte. Ich pachtete es darum und begann mit meinen Ausgrabungen. Kommen Sie herein, und schließen Sie die Tür hinter sich ab.‹
Es war ein langgestrecktes leeres Gebäude mit Futterkrippen an den Wänden. Jansen stellte seine Laterne auf den Boden und deckte sie so mit seinem Umhang ab, daß sie nur noch nach der einen Seite schien.
›Es könnte Argwohn erregen, wenn jemand Licht in dem verlassenen Haus sieht‹, erklärte er. ›Helfen Sie mir, die Bretter dort wegzuheben.‹
In der beleuchteten Ecke war der Boden mit Planken bedeckt. Die beiden Gelehrten hoben vorsichtig eine nach der anderen heraus und lehnten sie gegen die Wand. Eine Öffnung, in der eine halbzerfallene Steintreppe in die dunkle Tiefe der Erde führte, kam zum Vorschein.
›Seien Sie vorsichtig!‹ mahnte Jansen, als Kennedy voller Ungeduld hinuntereilen wollte. ›Da unten ist der reinste Kaninchenbau; wenn man einmal den Weg verloren hat, findet man nie wieder heraus. Warten Sie, bis ich mit dem Licht unten bin.‹
›Wie finden Sie sich denn zurecht, wenn es so kompliziert ist?‹
›In der ersten Zeit habe ich mich mehrere Male um ein Haar verirrt. Nach und nach lernte ich aber, wie die Gänge verliefen. Es besteht schon ein gewisses System in der Anlage. Wer sich jedoch in der Dunkelheit verirrt, findet garantiert nie wieder heraus. Deshalb wickele ich immer ein Knäuel Bindfaden ab, dessen eines Ende ich am Ausgang befestige, wenn ich mich weit in die Katakombe hineinwage. Sie werden gleich sehen, daß es dort recht vertrackt ist. Jeder der Seitengänge teilt sich ungefähr ein dutzendmal, bevor Sie nur hundert Schritte vorgedrungen sind.‹
Sie waren etwa zwanzig Fuß in die Tiefe hinabgestiegen und standen jetzt in einem fast quadratischen Raum, der aus dem weichen Tuffstein herausgeschlagen worden war. Die Laterne warf ringsum ein flackerndes Licht auf die bräunlichen verwitterten Wände. Auf al-

len Seiten gähnten die schwarzen Höhlen der Gänge, die von diesem Mittelpunkt strahlenförmig abzweigten.
›Bitte, folgen Sie mir ganz dicht, und bleiben Sie unterwegs nicht für irgendwelche Nachforschungen stehen, denn der Ort, an den ich Sie führen werde, bietet alles, was Sie interessiert. Wir wollen Zeit sparen und ohne uns aufzuhalten, dort hingehen.‹
Er betrat einen der Gänge, und der Engländer beeilte sich, ihm nachzukommen. Jeden Moment gabelte sich der Weg, es war verwirrend, aber Jansen ließ sich offenbar von irgendwelchen geheimen Markierungen leiten, die er wohl angebracht hatte, denn er zögerte auch nicht ein einziges Mal. Überall in den Wänden waren in Reihen übereinander die Grabstätten der Christen des alten Rom eingelassen, angeordnet wie die Schlafkojen auf den frühen Auswanderer-Schiffen. Das gelbliche Licht der Laterne huschte über eingeschrumpfte Mumiengesichter und beleuchtete gespenstisch Totenschädel und lange weiße über dem Brustgerippe gekreuzte Armknochen. Wo Kennedy vorbeikam, schaute er begierig auf die Inschriften, Totenbeigaben, Bilder, Gewänder und Gebrauchsgegenstände, die alle noch, wenn auch von der Zeit mitgenommen, dort waren, wo sie fromme Hände vor über 1500 Jahren hingelegt hatten. Dem englischen Archäologen war trotz der oberflächlichen, nur im Vorübergehen gemachten Betrachtungen klar, daß dies hier die früheste und schönste aller bisher entdeckten Katakomben war und daß sie eine solche Menge an Funden enthielt, wie es sie nie zuvor gegeben hatte.
›Was würde passieren, wenn Ihr Licht auf einmal ausginge?‹ fragte er den Dänen, während sie weiter voraneilten.
›Ich habe noch eine Kerze und eine Schachtel Zündhölzer in der Tasche. Sie haben doch auch Feuer bei sich, Kennedy, oder?‹
›Nein, in der Aufregung vergaß ich ganz, welches einzustecken.‹
›Nun, das tut nichts, wir bleiben ja zusammen.‹
›Wie weit müssen wir noch? Mir scheint, als hätten wir mindestens eine Viertelmeile zurückgelegt.‹

›Mehr als das, soweit ich das einschätze. Ja, Kennedy, diese Grabstätten sind wie grenzenlos. Jedenfalls ist es mir bisher nicht gelungen, ein Ende zu finden. Hier wird der Weg jetzt besonders kompliziert. Ich benutze sicherheitshalber meinen Bindfaden.‹
Er befestigte das eine Ende der Schnur an einem vorspringenden Stein und behielt das Knäuel in der Hand, das er beim weiteren Vordringen nach und nach abwickelte. Kennedy merkte bald, daß diese Vorsichtsmaßnahme recht sinnvoll war, denn die Gänge verliefen immer verworrener und bildeten mit plötzlich auftauchenden Quergängen ein vollendetes Labyrinth, in dem sich ohne solches Hilfsmittel kein Mensch zurechtfinden konnte. Doch dann gelangten sie auf einmal in eine große runde Halle, wo an der einen Wand ein Quader aus Tuffstein mit einer Marmorplatte dahinter stand.
›Das ist ja ein christlicher Altar!‹ rief Kennedy begeistert, als Jansen das Licht seiner Laterne auf den Marmor fallen ließ. ›Beim Jupiter! In der Ecke ist ja auch das kleine Weihekreuz eingemeißelt. Diese Halle hat mit Sicherheit damals als Kirche gedient.‹
›Richtig‹, entgegnete Jansen. ›Wenn wir mehr Zeit zur Verfügung hätten, würde ich Ihnen gern all die Toten zeigen, die in den Grabnischen in den Wänden hier beigesetzt sind – alles die sterblichen Überreste der ersten Bischöfe und Päpste der Kirche in vollem Ornat. Gehen Sie mal dort hinüber zu jener Nische und werfen Sie einen Blick hinein!‹
Kennedy durchquerte die Halle und blickte forschend auf ein Knochengesicht unter einer halbzerfallenen Mitra.
›Das ist außerordentlich faszinierend‹, sagte er. ›Soweit ich weiß, ist dieser Fundort einmalig. Bringen Sie doch die Laterne herüber, Jansen! Ich muß sie alle sehen.‹
Aber der Däne war schon langsam weitergegangen und stand jetzt auf der entgegengesetzten Seite der Halle, umgeben von einem gelben Lichtkreis.
›Wissen Sie, wie viele Verzweigungen es zwischen der Treppe und der Halle gibt?‹ fragte er. ›Mehr als zweitausend! Stellen Sie sich das

mal vor! Zweifellos legten die ersten Christen dieses so komplizierte System zu ihrer Sicherheit an. Jeder Verfolger mußte sich hoffnungslos verirren. Wenn jemand wieder hier heraus will, steht die Wahrscheinlichkeit, es zu schaffen, selbst mit Licht nur eins zu zweitausend. Sucht er vollends im Dunkeln, ist die Chance, den richtigen Weg zu finden, noch weitaus geringer.‹

›Das sehe ich auch so.‹

›Und die Dunkelheit ist etwas Schreckliches. Ich habe das Experiment einmal aus Neugier vorgenommen. Wir wollen es gleich probieren!‹

Er bückte sich nach seiner Laterne, und zwei Sekunden später war es Kennedy, als hätten sich Hände fest auf seine Augen gelegt. Nie hatte er bisher gewußt, was absolute Dunkelheit wirklich bedeutete. Sie schien ihn zu erdrücken, zu ersticken. Sie war wie ein unüberwindbares Hindernis, das ihm nicht gestattete weiterzugehen. Angst stieg in ihm auf, und er hob unwillkürlich die Hände, um diese Barriere aus Finsternis wegzustoßen.

›Das genügt, Jansen. Es ist fürchterlich. Machen Sie wieder Licht!‹

Doch sein Begleiter fing zu lachen an, und es hallte in dem weiten runden Raum schauerlich von allen Seiten wider.

›Es ist Ihnen unbehaglich, nicht wahr?‹ rief der Däne.

›Machen Sie schon, und zünden Sie endlich das Licht wieder an!‹ erwiderte Kennedy ungehalten.

›Es ist merkwürdig, Kennedy‹, fuhr er fort, ›ich stelle gerade fest, ich könnte von Ihrer Stimme her unmöglich beurteilen, wo Sie stehen. Geht es Ihnen auch so? Können Sie mir sagen, wo ich bin?‹

›Nein. Es hört sich für mich an, als ständen Sie auf allen Seiten zugleich.‹

›Wenn ich die Schnur hier in meiner Hand nicht hätte, wüßte ich nicht, wohin ich mich wenden sollte.‹

›Ich habe erst recht nicht die leiseste Ahnung. Zünden Sie jetzt das Licht an, meine Güte, und machen Sie ein Ende mit diesem makabren Unsinn!‹

›Nur mit der Ruhe, Kennedy. Wenn ich mich richtig erinnere, gibt es zwei Dinge, die Sie besonders reizen. Das eine ist ein Abenteuer, das andere ein Hindernis, das es zu überwinden gilt. Beides will ich Ihnen jetzt bieten. Das Abenteuer besteht für Sie darin, aus der Katakombe herauszufinden. Und das Hindernis liegt in der Dunkelheit und den zweitausend irreführenden Abzweigungen, die es Ihnen erschweren werden, den richtigen Weg zu entdecken. Aber Sie brauchen sich nicht zu beeilen, denn Sie haben alle nur erdenkliche Zeit vor sich. Und wenn Sie zwischendurch eine Pause einlegen, empfehle ich Ihnen, an Miß Mary Saunderson zu denken und sich zu fragen, ob Sie sich ihr gegenüber wie ein Gentleman verhalten haben.‹

›Sie Teufel! Was meinen Sie damit?‹ brüllte Kennedy außer sich vor Wut.

Er begann, in kleinen Kreisen herumzurennen, und griff dabei hilflos mit den Händen in die Dunkelheit.

›Leben Sie wohl‹, ertönte jetzt bereits in einiger Entfernung die Stimme des Dänen. ›Kennedy, ich glaube wirklich nicht, daß Sie dem Mädchen gegenüber recht gehandelt haben. Auch nicht nach Ihrer Darstellung. Außerdem gibt es noch eine kleine Sache, über die Sie nicht im Bilde sind. Miß Saunderson war mit einem armen, unglücklichen Teufel von jungem Gelehrten verlobt. Er hieß Peter Jansen!‹

Irgendwo war ein Geräusch zu hören, als ob ein Schuh gegen einen Stein stößt, dann jedoch breitete sich tiefe Stille in der alten Christenstätte aus – ein träges, lastendes Schweigen, das Kennedy einschloß wie Wasser einen Ertrinkenden.«

»Nun, mein lieber Watson, ist das nicht eine faszinierende Geschichte? Ich will Ihnen auch den Zeitungsartikel vorlesen, der mich damals stutzig werden ließ.«

Holmes stand auf, trat an das Bücherregal, holte einen Ordner mit gesammelten Unterlagen herunter und entnahm ihm ein Blatt.

»So, hören Sie zu, Watson:
Eine der interessantesten Entdeckungen der letzten Jahre ist die einer bisher noch unbekannten Katakombe in Rom, die etwas östlich der berühmten St. Calixtus-Katakomben liegt. Das Auffinden dieser bedeutenden Begräbnisstätte, die einen bisher nie dagewesenen Reichtum an frühchristlichen Funden birgt, ist dem Eifer und Scharfsinn des jungen dänischen Archäologen Peter Jansen zu verdanken, dessen Ruf als einer der besten Kenner des alten Rom immer weiter zunimmt. Obwohl Dr. Jansen als erster seine Entdekkung veröffentlichte, hat es sich herausgestellt, daß ihm ein weniger glücklicher Forscher zuvorgekommen war. Vor wenigen Monaten verschwand nämlich der berühmte junge englische Gelehrte Kennedy aus seiner Wohnung am Corso in Rom. Man nahm an, ihn hätte ein erst kurze Zeit zurückliegender Skandal, in den er verwikkelt gewesen war, dazu veranlaßt, für unbestimmte Dauer aus der Stadt abzureisen. Jetzt stellte sich jedoch heraus, daß er das Opfer seiner leidenschaftlichen Liebe zur Archäologie geworden ist, die ihm zu hohem Ansehen auf diesem Gebiet verholfen hat. Sein Leichnam wurde nämlich im Innern der neuen Katakombe gefunden. Aus dem Zustand seiner Schuhe und Füße geht hervor, daß er tagelang durch die Gänge geirrt sein muß, die diese Katakombe labyrinthartig durchziehen und für Forscher leicht zur Falle werden können. Der Gelehrte hatte sich, soweit bekannt, mit unerklärlicher Unbesonnenheit ohne Licht und andere Hilfsmittel in die unterirdische Grabstätte vorgewagt. Seine für ihn typische Verwegenheit wurde ihm bedauerlicherweise so grausam zum Verhängnis.
Der Unglücksfall nimmt noch tragischere Ausmaße an, wenn man erfährt, daß Dr. Peter Jansen, der Entdecker der Katakombe, ein enger Freund des Verstorbenen war. Seine Freude über den außergewöhnlichen Fund wurde durch das schreckliche Schicksal seines Freundes und Kollegen natürlicherweise stark gedämpft.
Na, Watson, das mußte mich doch kombinieren lassen. Diese Meldung war etwa zweieinhalb Monate nach dem Vorfall erschienen.

Niemand schien Verdacht zu schöpfen. Aber ich ließ auch nach meiner Rückkehr nach London nicht locker, meine römischen Kollegen mit kleinen Notizen zu traktieren. Sie haben die Sache dann wirklich aufgerollt. Und heraus kam, was ich Ihnen eben erzählt habe.«

Der Fall der drei Garridebs

Schwer zu sagen, ob es mehr eine Komödie oder mehr eine Tragödie war. Jedenfalls hat die Sache einen Mann um den Verstand gebracht, mich eine Menge Blut gekostet und einen dritten die harte Hand des Gesetzes spüren lassen. Trotzdem entbehrte das Ganze nicht eines Elements des Komischen. Doch das möge der geneigte Leser selber beurteilen.

Ich erinnere mich noch sehr genau, wann das alles geschah. Das liegt daran, daß Holmes im selben Monat einen Adelstitel zurückgewiesen hatte, den man ihm für gewisse Verdienste verleihen wollte, auf die ich vielleicht eines Tages näher eingehen werde. Im Augenblick kann ich diese Angelegenheit nur am Rande erwähnen, da ich als Partner und Vertrauter dazu verpflichtet bin, jegliche Indiskretion zu vermeiden. Jedenfalls ermöglicht mir der Umstand, den Zeitpunkt festzumachen. Es war Ende Juni 1902, kurz nach der Beendigung des Burenkrieges. Holmes hatte mehrere Tage im Bett verbracht, wie das von Zeit zu Zeit seine Art war. Doch an jenem gewissen Tag tauchte er morgens mit einem großformatigen Schriftstück in der Hand wieder auf, und in seinen sonst so ernsten grauen Augen blitzte der Schalk.

»Mein lieber Watson, es gibt für Sie eine gute Gelegenheit, zu einem hübschen Sümmchen Geld zu kommen«, sagte er. »Haben Sie schon mal den Namen Garrideb gehört?«

Ich verneinte.

»Nun, wenn es Ihnen gelingt, eines Garridebs habhaft zu werden, springt Geld für Sie heraus.«

»Wieso das?«

»Ach, das ist eine lange Geschichte und noch dazu eine höchst wunderliche! Ich glaube, bei all unseren Erforschungen menschlicher Verwicklungen sind wir noch nie auf etwas Seltsameres gestoßen. Der Bursche wird bald hier auftauchen, damit ich ihn ins Kreuzverhör nehmen kann. Ich will die Sache nicht aufrollen, bevor er da ist. Doch soviel steht erst mal fest – das ist der Name, auf den wir aus sind.«

Das Telefonbuch lag griffbereit auf dem Tisch neben mir. Ich suchte unter dem entsprechenden Buchstaben, ohne mir große Hoffnungen zu machen. Aber zu meinem Erstaunen gab es den sonderbaren Namen doch. Ich stieß einen Laut des Triumphs aus.

»Hier haben wir ihn schon, Holmes!«

Er nahm mir das Buch aus der Hand.

»›Garrideb, N.‹«, las er, »›136 Little Ryder Street, W.‹ Tut mir leid, Sie enttäuschen zu müssen, mein lieber Watson, aber das ist unser Klient selber. Auf seinem Brief steht jedenfalls diese Adresse. Wir brauchen noch einen anderen.«

Mrs. Hudson kam mit einer Visitenkarte auf dem Silberteller herein. Ich nahm sie und warf einen Blick darauf.

»Da ist er schon!« rief ich überrascht. »Der Anfangsbuchstabe vom Vornamen ist ein anderer. John Garrideb, Rechtsberater, Moorville, Kansas, USA.«

Holmes grinste und besah sich die Karte. »Ich fürchte, Watson, Sie müssen sich weiter anstrengen«, sagte er. »Dieser Herr gehört bereits mit zur Geschichte, obwohl ich nicht im geringsten damit gerechnet habe, ihn heute morgen hier zu sehen. Aber er dürfte in der Lage sein, mir eine Menge von dem, was ich wissen will, zu erklären.«

Im nächsten Augenblick stand er bereits im Zimmer. Mr. John Garrideb, Rechtsberater, war von untersetzter, kräftiger Gestalt und hatte das runde, frische, glattrasierte Gesicht eines amerikanischen Geschäftsmannes. So pausbäckig wirkte er insgesamt irgendwie kindlich, und man hatte den Eindruck, einen großen naiven, grinsenden Jungen vor sich zu haben. Nur seine Augen bildeten einen verblüffenden Kontrast dazu. Selten habe ich bei einem Menschen Augen gesehen, die lebhafter von einem angespannten Inneren zeugten als diese hier. Sie blickten scharf und wach und wechselten ständig im Ausdruck. John Garridebs Akzent war amerikanisch, sonst bemerkte ich nichts Auffallendes an seiner Sprechweise.

»Mr. Holmes?« fragte er, und sein Blick wanderte einen Moment lang unsicher zwischen uns beiden hin und her. Dann grinste er noch breiter und wandte sich an meinen Freund. »Ach ja, natürlich. Die Bilder von Ihnen sehen Ihnen doch sehr ähnlich, wenn ich das so sagen darf. Ich vermute, Sie haben einen Brief von meinem Namensvetter, Mr. Nathan Garrideb, erhalten?«

»Nehmen Sie doch bitte Platz«, entgegnete Sherlock Holmes. »Ich denke, es gibt da einiges zu besprechen.« Er hob den Stoß Unterlagen ein Stück hoch. »Sie sind also Mr. John Garrideb, der hier in diesem Schriftstück erwähnt ist. Sicher haben Sie einige Zeit in England verbracht?«

»Wie kommen Sie denn darauf, Mr. Holmes?« Ich meinte, in seinen beredten Augen ein heftiges Mißtrauen zu erkennen.

»Ihre ganze Aufmachung ist englisch, deshalb.«

Mr. Garrideb lachte gezwungen. »Ich habe zwar von Ihren Eigentümlichkeiten gelesen, Mr. Holmes. Aber ich hätte mir nie einfallen lassen, daß ich sie eines Tages selbst zu spüren bekommen würde. Woran wollen Sie das erkennen?«

»Der Schulterschnitt Ihres Mantels, die Spitzen Ihrer Schuhe – ist da überhaupt ein Zweifel möglich?«

»Nun, ich hatte keine Ahnung, daß ich einen perfekten Engländer abgebe. Doch es stimmt, meine Geschäftsreisen haben mich auch hierher geführt, und meine ›Aufmachung‹, wie Sie das nennen, stammt tatsächlich zum größten Teil aus London. Ich darf aber vermuten, daß Ihre Zeit kostbar ist, und wir sind wohl nicht zusammengekommen, um uns über den Schnitt meiner Socken zu unterhalten. Wie wäre es, wenn wir uns mit dem Schreiben befaßten, das Sie da in der Hand haben?«

Holmes hatte unseren Besucher offensichtlich aus der Fassung gebracht. Sein pausbäckiges Gesicht sah auch längst nicht mehr so jungenhaft und freundlich aus.
»Geduld, Geduld, Mr. Garrideb!« versuchte ihn mein Freund mit sanfter Stimme zu beschwichtigen. »Dr. Watson wird Ihnen gern bestätigen, daß meine kleinen Abschweifungen sich letzten Endes meist als sehr wohl zur Sache gehörend herausstellen. Doch warum ist nicht Mr. Nathan Garrideb mit Ihnen hergekommen?«
»Warum hat er Sie überhaupt in diese Sache hineingezogen?« fragte unser Besucher voller Zorn in der Stimme zurück. »Was, zum Donnerwetter, haben Sie damit zu tun? Da geht es um eine geschäftliche Angelegenheit zwischen zwei Männern, und der eine weiß doch glatt nichts Besseres, als einen Detektiv einzuschalten! Ja, ich habe ihn heute morgen gesehen, und er hat auch nicht gezögert, mir seinen dummen Streich einzugestehen. Und aus dem Grund bin ich auch hier. Trotzdem habe ich ein ungutes Gefühl über den Verlauf dieser Sache.«
»Das sollte auch kein Akt des Mißtrauens gegen Sie sein, Mr. Garrideb. Es war nur der Eifer Ihres Partners, die Angelegenheit so rasch wie möglich zu Ende zu bringen – ein Ende, das, wenn ich richtig verstanden habe, für Sie beide von enormer Bedeutung ist. Er wußte, daß ich über die Mittel verfüge, die verschiedensten Informationen einzuholen. Was war da naheliegender, als sich an mich zu wenden?«
Das verärgerte Gesicht unseres Besuchers hellte sich allmählich wieder auf.
»Ja, das läßt die Sache in einem anderen Licht erscheinen«, sagte er. »Als ich vorhin zu ihm ging und er mir erzählte, er hätte einen Detektiv bemüht, habe ich nur noch nach Ihrer Adresse gefragt und bin sofort hergekommen. Ich möchte nicht, daß sich die Polizei in eine private Angelegenheit einmischt. Aber wenn Sie damit einverstanden sind, uns lediglich dabei zu helfen, den dritten Mann ausfindig zu machen, habe ich keine Einwände mehr.«

»Genauso ist es«, entgegnete Holmes. »Und jetzt, mein Herr, wäre es, nachdem Sie nun mal hier sind, das Beste, wenn wir den wahren Sachverhalt aus Ihrem Mund erfahren könnten. Mein Freund weiß nämlich noch keine Einzelheiten.«

Mr. Garrideb bedachte mich mit einem nicht gerade sehr freundlichen Blick.

»Muß er sie denn wissen?«

»Wir arbeiten für gewöhnlich zusammen.«

»Nun ja, es gibt eigentlich keinen Grund, sie geheimzuhalten. Also will ich versuchen, Ihnen einen kurzen Überblick zu geben. Wären Sie aus Kansas, bräuchte ich nicht zu erklären, wer Alexander Hamilton Garrideb war. Er machte ein Vermögen als Grundstücksmakler und danach mit Weizenspekulationen an der Getreidebörse von Chicago. Doch er gab das Geld wieder aus, indem er Land längs des Arkansas Rivers, westlich von Fort Dodge, in solchem Umfang erwarb, wie es hier einer ganzen Grafschaft entsprechen würde. Es umfaßt Weidefläche, Nutzwald, Ackerland und Boden mit Mineralvorkommen – eben genau die Sorte Grund und Boden, die ihrem Besitzer ein Vielfaches von dem einbringt, was er angelegt hat. Alexander Hamilton Garrideb wurde also immer reicher und reicher.

Er hatte keine Nachkommen und auch keine Verwandtschaft. Jedenfalls habe ich nie etwas davon gehört. Aber er war enorm stolz auf seinen ausgefallenen Namen. Und das hat uns zusammengebracht. Ich arbeitete damals am Gericht von Topeka, als er mich eines Tages aufsuchte. Er war ganz versessen darauf, einen weiteren Mann seines Namens kennenzulernen. Das war offensichtlich seine große Marotte, und es ließ ihm keine Ruhe herauszufinden, ob es nicht noch weitere Garridebs auf der Welt gab. ›Treiben Sie mir noch einen auf!‹ sagte er zu mir. Ich erklärte ihm, ich sei ein vielbeschäftigter Mann und hätte Besseres zu tun, als auf der Suche nach weiteren Garridebs durch die Welt zu gondeln. ›Warten Sie ab‹, entgegnete er, ›Sie werden es doch noch tun, wenn sich die Dinge so

entwickeln, wie ich sie geplant habe.‹ Ich hielt das für einen dummen Scherz, doch wie ich bald erfahren sollte, hatte eine gewaltige Bedeutung in diesen Worten gelegen.
Denn der alte Herr starb innerhalb eines Jahres nach unserer Begegnung und hinterließ ein Testament. Es war der schrulligste Letzte Wille, der je im Staate Kansas bekannt geworden ist. Er teilt darin seinen Besitz in drei Teile auf, und einer davon war mir zugedacht, unter der Bedingung, daß ich noch zwei weitere Garridebs finde, die dann die beiden anderen Drittel erhalten sollten. Das bedeutet an die fünf Millionen Dollar für jeden, aber niemand kann an das Geld, bevor wir nicht alle drei in Reih und Glied antreten.
Ich sah eine so große Chance für mich darin, daß ich meine Rechtspraxis aufgab und mich auf die Suche nach den Garridebs machte. In den Vereinigten Staaten ließ sich kein einziger mehr auftreiben. Ich habe wirklich alles sozusagen mit dem feinzinkigen Kamm durchkämmt, und es ist kein Garrideb drin hängengeblieben. Also versuchte ich es in der Alten Welt. Und tatsächlich fand ich den Namen im Londoner Telefonbuch. Vor zwei Tagen bin ich also zu dem Mann gegangen und habe ihm den Fall genau erklärt. Er ist leider ein alleinstehender Mann wie ich, mit ein paar weiblichen, aber keinen männlichen Anverwandten. Doch das Testament verlangt drei erwachsene Männer dieses Namens. Sie sehen, wir haben also immer noch einen leeren Platz, und wenn Sie uns helfen können, ihn auszufüllen, wird Ihnen das weit mehr als Ihr übliches Honorar einbringen.«
»Na, Watson«, sagte Holmes mit einem Lächeln. »Hab' ich Ihnen nicht erzählt, daß dies eine höchst wunderliche Geschichte ist? Mr. Garrideb, ich hätte es für den naheliegendsten Weg für Sie gehalten, in den Seufzerspalten der Presse zu annoncieren.«
»Das habe ich getan, Mr. Holmes. Kein Ergebnis.«
»Meine Güte! Das ist ja wirklich ein verzwicktes Problemchen. Ich will in meiner freien Zeit vielleicht mal einen Blick darauf werfen. Übrigens, was für ein seltsamer Zufall, daß Sie gerade aus Topeka

kommen. Ich hatte dort einen Brieffreund – er ist inzwischen verstorben –, den alten Dr. Lysander Starr. Er war dort 1890 Bürgermeister.«

»Ach ja, der gute alte Starr!« rief unser Besucher. »Sein Name ist noch immer in hohen Ehren. Hören Sie, Mr. Holmes, ich denke, wir können im Augenblick nichts weiter tun, als Ihnen Bericht davon zu geben, wenn wir irgendwelche Fortschritte erzielt haben. Ich hoffe doch sehr, daß dies in ein, zwei Tagen der Fall sein wird.«

Mit dieser Versicherung verbeugte sich unser Amerikaner knapp und ging.

Holmes hatte sich seine Pfeife angezündet und saß eine Weile, mit einem seltsamen Lächeln auf den Lippen, wortlos da.

»Nun?« wollte ich endlich von ihm wissen.

»Ich frage mich, Watson – weiter nichts.«

»Und was?«

»Ich habe mich gefragt, Watson, was den Mann in aller Welt nur dazu bringt, uns solche Lügenmärchen aufzutischen. Ich hätte ihm das auch beinahe gesagt – denn manchmal ist ein harter Frontalangriff die beste Vorgehensweise –, aber dann entschied ich mich, daß er doch besser glauben soll, er hätte uns narren können. Da trägt unser Mann einen eindeutigen englischen Mantel, der an den Ellbogen abgewetzt ist, und eine Hose, deren Knie ganz ausgebeult und fadenscheinig sind, weil er sie schon so lange am Leib hat. Und trotzdem soll er nach diesen Unterlagen hier und seinen eigenen Aussagen Amerikaner aus der Provinz sein, der erst vor kurzem in London angekommen ist. Es hat auch keine entsprechende Anzeige in den Seufzerspalten gestanden. Sie wissen, daß ich mir da nichts entgehen lasse. Sie sind mein liebstes Jagdgelände, um einen Vogel aufzustöbern, und ich hätte nie solch einen Prachtfasan wie diesen übersehen. Ich habe nie einen Dr. Lysander Starr in Topeka gekannt. Sie können bei dem Mann antippen, wo Sie wollen, es stimmt überall nicht. Ich glaube zwar, daß der Bursche tatsächlich Amerikaner ist, aber sein Akzent hat sich in vielen Jahren London abgeschliffen. Was soll sein Spielchen? Was bezweckt er mit seiner lächerlichen Suche nach den Garridebs? Wir sollten ein Auge darauf halten, denn es spricht so einiges dafür, daß dieser Mann ein Halunke ist, und zwar einer von der komplizierteren, gerisseneren Sorte. Am besten wir finden erst einmal heraus, ob unser anderer Geschäftsfreund auch ein Schwindler ist. Rufen Sie ihn an, Watson.«

Ich tat es. Am anderen Ende der Leitung krächzte eine dünne, zittrige Stimme.

»Ja, ja, ich bin Mr. Nathan Garrideb. Ist Mr. Holmes da? Ich würde gern ein paar Worte mit ihm sprechen.«

Mein Freund nahm den Apparat, und ich hörte den üblichen abgehackten Dialog.

»Ja, doch, er ist hier gewesen. Wie ich verstehe, kennen Sie ihn gar nicht weiter... Wie lange? ... Erst zwei Tage! ... Ja, ja, natürlich, es ist eine äußerst verlockende Aussicht. Sind Sie heute abend zu Hause? Ich denke, Ihr Namensvetter wird dann nicht anwesend sein? ... Sehr gut, wir kommen vorbei. Ich würde es nämlich vorziehen, mich ohne sein Beisein mit Ihnen zu unterhalten ... Dr. Watson wird mich begleiten... Ich habe Ihrem Schreiben entnommen, daß Sie nicht häufig ausgehen... Wir werden so gegen sechs Uhr bei Ihnen sein. Erwähnen Sie es besser nicht gegenüber dem amerikanischen Rechtsanwalt... Sehr gut. Auf Wiederhören.«

Im beginnenden Zwielicht des herrlichen Frühlingsabends sah die Little Ryder Street, eine der kleineren Seitenstraßen der Edgware Road, nur einen Steinwurf vom alten Tyburn-Tree-Galgenplatz, unseligen Angedenkens, entfernt, in den schrägen Strahlen der untergehenden Sonne golden und verzaubert aus. Das Haus, auf das wir zuhielten, war ein großer altmodischer Bau im frühen georgianischen Stil, mit einer glatten Backsteinfassade, die nur im Erdgeschoß von zwei weit vorspringenden Erkerfenstern unterbrochen wurde. Hier unten wohnte unser Klient, und wie sich herausstellte, gehörten diese beiden Fenster zu dem riesigen Zimmer, in dem er

seine wachen Stunden verbrachte. Holmes wies auf ein kleines Messingschild, in das der seltsame Name eingraviert war.
»Ist bereits einige Jahre da, Watson«, stellte er fest und zeigte auf die angelaufene Oberfläche. »Er heißt wirklich so, das ist immerhin schon bemerkenswert.«
Das Haus hatte nur einen allgemeinen Aufgang, und im Flur stand eine ganze Reihe von Namen an die Wand gemalt, die teilweise auf Geschäftsräume und teilweise auf Privatzimmer verwiesen. Es war kein Haus mit gediegenen Wohnungen, sondern offensichtlich eher mit einer Ansammlung von Unterkünften für mehr bohemehafte Junggesellen. Unser Klient öffnete uns selbst die Tür und entschuldigte sich dafür mit der Erklärung, seine Aufwartefrau ginge immer schon um vier. Mr. Nathan Garrideb stellte sich als groß, dürr, ungelenk, um die sechzig und mit rundem Rücken und Glatze heraus. Er hatte ein leichenhaftes Gesicht, mit der fahlen, schlaffen Haut eines Menschen, dem frische Luft und körperliche Betätigung fremd sind. Große runde Brillengläser und ein vorspringendes Ziegenbärtchen verliehen ihm zusammen mit seiner vorgeschobenen Kopfhaltung etwas Stierendes, Neugieriges. Doch der Gesamteindruck war eher der eines freundlichen, wenn auch schrulligen alten Herrns.
Das Zimmer war genauso seltsam wie sein Bewohner. Es glich einem kleinen Museum für Erd- und Kulturgeschichte. Überall standen entlang der Wände des sehr breiten und tiefen Raums Schränke und Vitrinen, die mit einer überwältigenden Menge der verschiedensten Funde vollgestopft waren. Kästen mit Schmetterlingen und Nachtfaltern säumten den Eingang. Ein riesiger Tisch in der Mitte des Zimmers war mit allem Erdenklichen übersät, und dazwischen ragte das Messingrohr eines starken Mikroskops hervor. Ich sah mich gründlich um und war verblüfft, welche Vielfalt von Interessen dieser Mann haben mußte. Da gab es einen Kasten mit antiken Münzen. Dort eine Vitrine mit Werkzeug aus der Steinzeit. Hinter dem Tisch lagen in einem großen Glasschrank versteinerte Kno-

chenfunde. Obenauf war eine Reihe von Gipsschädeln dekoriert. Auf kleinen, fein säuberlich beschrifteten Schildchen las ich: ›Neanderthal‹, ›Heidelberg‹, ›Cromagnon‹. Offensichtlich hatte er die verschiedensten Gebiete studiert. Er stand vor uns, hielt ein Läppchen aus Sämischleder in der Hand und polierte andächtig eine Münze.

»Syrakus – Blütezeit«, erklärte er und hielt das gute Stück hoch. »Gegen Ende zu kam es doch zu einem gewissen Verfall. Aber zur Zeit ihres Höhepunktes halte ich sie für überragend, obwohl manche der Alexandrinischen Schule den Vorzug geben. Gleich haben wir einen Stuhl für Sie, Mr. Holmes. Erlauben Sie mir, daß ich diese Knochen wegräume. Ach, und Sie, äh – Mr. Watson, würden Sie so freundlich sein und die japanische Vase zur Seite rücken. Sie sehen, ich habe hier um mich herum all das versammelt, was mir das Leben lebenswert macht. Mein Arzt liegt mir immer in den Ohren, weil ich nicht nach draußen gehe, aber warum sollte ich das, wo ich hier drin so viel habe, was mich fasziniert? Ich kann Ihnen versichern, daß die fachkundige Katalogisierung auch nur eines einzigen dieser Schränke mich drei volle Monate kosten würde.«

Holmes ließ seinen Blick neugierig durch das Zimmer schweifen. »Wollen Sie damit sagen, daß Sie tatsächlich *nie* ausgehen?« fragte er.

»Ab und zu fahre ich zu den Auktionshäusern von Sotheby's und Christie's. Ansonsten verlasse ich höchst selten mein Zimmer. Meine Gesundheit ist nicht sehr kräftig, und meine Forschungen nehmen mich sehr in Anspruch. Aber Sie können sich vorstellen, Mr. Holmes, was für ein gewaltiger Schock – ein freudiger zwar, aber trotzdem überwältigend – die Nachricht von diesem einzigartigen Glücksfall für mich war. Es bedarf nur noch eines einzigen Garridebs, um das Testament zu erfüllen, und ich bin sicher, wir werden ihn finden. Ich hatte einen Bruder, doch der ist verstorben, und weibliche Anverwandte sind ja ausgeschlossen. Aber es gibt bestimmt noch ein paar Leute unseres Namens auf der Welt. Ich habe gehört, daß Sie außergewöhnliche Fälle behandeln, und das ist auch der Grund dafür, daß ich mich an Sie wandte. Natürlich hat der Herr aus Amerika völlig recht, ich hätte zuvor Rücksprache mit ihm nehmen müssen. Doch ich habe es nur gut gemeint.«

»Meiner Ansicht nach haben Sie sehr weise gehandelt«, sagte Holmes. »Aber sind Sie wirklich so versessen darauf, Grund und Boden in Amerika zu erben?«

»Gewiß nicht. Nichts kann mich dazu bringen, meine Sammlung im Stich zu lassen. Aber dieser Herr hat mir versichert, er würde mich auszahlen, sobald unser Anspruch anerkannt ist. Von fünf Millionen Dollar war die Rede. Es gibt zur Zeit etwa ein Dutzend äußerst interessanter Stücke auf dem Markt, die unschöne Lücken in meiner Sammlung füllen würden und die ich mir mangels einiger hundert Pfund nicht kaufen kann. Stellen Sie sich vor, was ich mit fünf Millionen Dollar alles erwerben könnte! Das wäre der Grundstock für eine Nationalsammlung. Ich würde in die Geschichte eingehen.«

Seine Augen glänzten hinter den großen runden Brillengläsern. Es stand fest, Mr. Nathan Garrideb würde keine Mühe scheuen, einen Namensvetter aufzuspüren.

»Ich bin nur auf einen Sprung zu Ihnen gekommen, um Sie kennenzulernen, und es gibt keinen Grund, Sie länger von Ihren Studien abzuhalten«, erklärte Holmes. »Es gehört eben zu meiner Art, daß ich gern einen persönlichen Kontakt zu meinen Auftraggebern herstelle. Ich muß Sie auch kaum etwas fragen, denn ich habe Ihren sehr ausführlichen Bericht in der Tasche, und einiges konnte ergänzt werden, als der Amerikaner bei mir vorbeischaute. Wenn ich recht verstanden habe, wußten Sie bis zu dieser Woche überhaupt noch nichts von seiner Existenz?«

»Das stimmt. Er meldete sich zum erstenmal am Dienstag.«

»Hat er Ihnen von unserem Gespräch heute erzählt?«

»Ja, er kam unmittelbar danach zu mir. Er wirkte verärgert.«

»Warum sollte er verärgert gewesen sein?«

»Er schien in gewisser Weise in seiner Ehre gekränkt. Aber als er mich verließ, war er wieder recht vergnügt.«
»Machte er Ihnen irgendwelche Vorschläge?«
»Nein, keinen einzigen.«
»Hat er Sie um Geld gebeten, und hat er welches von Ihnen erhalten?«
»Nein, niemals!«
»Haben Sie eine Ahnung, was er bezwecken könnte?«
»Nein, nichts außer dem, was er nicht selbst gesagt hat.«
»Haben Sie ihm von unserer telefonisch getroffenen Verabredung erzählt?«
»Ja, das habe ich getan.«
Holmes war in Gedanken verloren. Ich merkte, daß ihm etwas Kopfzerbrechen bereitete.
»Haben Sie in Ihrer Sammlung Stücke von großem Wert?«
»Nein. Ich bin absolut kein begüterter Mann. Meine Sammlung ist sehr gut, aber keinesfalls wertvoll.«
»Sie haben keine Angst vor Einbrechern?«
»Nicht die geringste.«
»Wie lange wohnen Sie schon in diesen Räumen hier?«
»Fast fünf Jahre.«
Holmes' Verhör wurde durch gebieterisches Klopfen an der Tür unterbrochen. Kaum hatte unser Klient sie geöffnet, stürmte der Amerikaner aufgeregt ins Zimmer.
»Da haben wir ihn schon!« rief er und schwenkte ein Stück Zeitung über seinem Kopf. »Ich habe gehofft, Sie hier noch anzutreffen. Meinen Glückwunsch, Mr. Nathan Garrideb. Sie sind ein gemachter Mann. Unsere Angelegenheit hat sich erledigt, und alles ist bestens. Was Sie betrifft, Mr. Holmes, bedauern wir, Ihnen unnötigen Aufwand verursacht zu haben.«
Er reichte unserem Klienten das Stück Zeitung, und dieser stand da und starrte sprachlos auf die dort angestrichene Anzeige. Holmes und ich sahen ihm über die Schulter. Und so lautete der Text:

Howard Garrideb
Konstrukteur landwirtschaftlicher Geräte: Garbenbinder, Mähdrescher, Pfluege, Sämaschinen, Pflückmaschinen, Eggen, Erntewagen, Karren u.a.
Beratungen und Kostenvoranschläge für die Anlage artesischer Brunnen.
Schauen Sie unverbindlich vorbei:
Grosvenor Building, Aston.

»Wunderbar!« stieß Nathan Garrideb schließlich hervor. »Das ist ja unser dritter Mann.«

»Ich hatte unter anderem auch in Birmingham Nachforschungen anstellen lassen«, erklärte der Amerikaner. »Und mein Beauftragter dort hat mir diese Anzeige aus einer Lokalzeitung geschickt. Wir müssen uns jetzt beeilen und zusehen, daß wir die Sache so schnell wie möglich über die Bühne bringen. Ich habe diesem Mann bereits geschrieben und ihm angekündigt, daß Sie ihn morgen nachmittag um vier Uhr in seinem Büro aufsuchen werden.«

»Das heißt, *ich* soll zu ihm hinfahren?« erkundigte sich Mr. Nathan Garrideb unsicher.

»Mr. Holmes«, wandte sich der Mann aus den Staaten an meinen Freund, »sind Sie nicht auch der Meinung, dies ist die beste Lösung? Ich bin doch nichts weiter als ein umherziehender Amerikaner mit einer phantastischen Geschichte. Warum sollte er mir Glauben schenken? Aber Sie sind Engländer und als Wissenschaftler noch ein ernstzunehmender dazu. Ihre Worte werden Gewicht bei ihm haben. Ich würde Sie auch gern begleiten, wenn Sie es wünschen, doch zu meinem Bedauern bin ich morgen ausgerechnet den ganzen Tag beschäftigt. Sollten sich wider Erwarten irgend welche Schwierigkeiten ergeben, werde ich selbstverständlich nachkommen.«

»Sie müssen verstehen, ich habe seit Jahren keine solche Reise mehr unternommen.«

»Ach, das ist für Sie ein leichtes, Mr. Garrideb. Ich habe Ihnen schon die Zugzeiten herausgesucht. Sie fahren um zwölf Uhr mittags ab und sind kurz nach zwei dort. So können Sie noch am selben Abend wieder zurück sein. Sie brauchen nur zu dem Mann zu gehen, ihm die Sache zu erklären und sich eine Urkunde über seine Identität geben lassen. Mein Gott!« fuhr er ziemlich heftig fort, »ich habe den ganzen Weg vom Herzen Amerikas nach London zurückgelegt, dann ist es wohl doch nicht zu viel verlangt, wenn ich Sie bitte, die hundert Meilen zu fahren, um die Angelegenheit zum Abschluß zu bringen!«

»Das stimmt«, schaltete sich Holmes ein. »Ich finde, der Herr hat völlig recht.«

Mr. Nathan Garrideb zuckte hilflos mit den Schultern. »Gut, wenn Sie darauf bestehen, werde ich mich hinbegeben.« Er blickte sehr bedrückt drein. »Ich kann Ihnen sowieso schlecht etwas abschlagen, nachdem Sie mich mit dieser wundervollen Hoffnung so beglückt haben.«

»Also ist alles klar«, entgegnete Holmes, »und Sie werden mich sicher sobald wie möglich Bescheid wissen lassen, wie alles verlaufen ist.«

»Das werde ich auf jeden Fall tun«, entgegnete der Amerikaner. Er warf einen Blick auf seine Uhr. »Tja, ich muß jetzt leider weiter. Ich werde Sie morgen noch anrufen, Mr. Nathan, und Ihnen eine gute Reise nach Birmingham wünschen. Kommen Sie mit mir mit, Mr. Holmes? Nein? Dann auf Wiedersehen, und wir haben hoffentlich gute Nachricht für Sie morgen abend.«

Ich bemerkte, wie sich das Gesicht meines Freundes aufhellte, als der Amerikaner das Zimmer verlassen hatte. Und auch der grübelnde Ausdruck war verschwunden.

»Ich würde mir zu gern Ihre Sammlung näher anschauen, Mr. Garrideb«, sagte er. »In meinem Beruf sind Kenntnisse von allen noch so ausgefallenen Wissensgebieten von Nutzen, und dieser Raum hier ist ja die reinste Fundgrube davon.«

Unser Klient strahlte vor Stolz, und seine Augen glänzten hinter den großen Brillengläsern.
»Ich habe schon gehört, daß Sie sehr klug und bewandert sind«, sagte er. »Wir können gleich eine Runde machen, wenn Sie genug Zeit haben.«
»Leider ist das nicht der Fall. Aber die Stücke sind alle so gut bezeichnet, daß es kaum noch Ihrer Erläuterungen bedarf. Wenn es mir möglich sein sollte, morgen vorbeizuschauen, dann hätten Sie doch sicher nichts dagegen, daß ich einen Blick darauf werfe?«
»Nicht im geringsten. Sie sind herzlich willkommen. Die Wohnung wird allerdings nicht offen sein, aber Mrs. Saunders ist bis vier Uhr im Tiefparterre und kann Ihnen aufschließen.«
»Ja, morgen nachmittag würde mir gut passen. Wenn Sie bitte Mrs. Saunders verständigen wollen, damit alles in Ordnung geht. Übrigens, wie heißt Ihre Hausverwaltung?«
Unser Klient war verwirrt über die unvermittelte Frage.
»Holloway und Steele in der Edgware Road. Warum?«
»Ich bin selber ein bißchen so was wie ein Archäologe, wenn es sich um Häuser handelt«, sagte Holmes lachend. »Mich interessiert, ob dieses Haus hier aus der Zeit von Queen Ann oder George I. stammt.«
»Zweifellos ist es im georgianischen Stil erbaut.«
»Wirklich? Ich hätte es etwas früher angesetzt. Aber das ist ja ohne weiteres festzustellen. Gut, dann auf Wiedersehen, Mr. Garrideb, und ich wünsche Ihnen viel Erfolg in Birmingham.«
Die Hausverwaltung war ganz in der Nähe, hatte aber bereits geschlossen. Also kehrten wir zur Baker Street zurück. Holmes sprach erst nach dem Abendessen wieder über die Angelegenheit mit den drei Garridebs.
»Unser kleiner Fall kommt zum Ende«, meinte er. »Sie haben sicher schon selbst die Lösung gefunden.«
»Nichts dergleichen. Für mich hat die ganze Sache weder Hand noch Fuß.«

»Die Hand ist klar, und den Fuß werden wir morgen sehen. Ist Ihnen bei der Anzeige nichts aufgefallen?«

»Ich habe gemerkt, daß das Wort ›Pflüge‹ falsch geschrieben war.«

»Ach, das haben Sie doch gesehen? Wirklich, Watson, Sie werden von Mal zu Mal besser. Ja, es war mit ›ue‹ geschrieben, was typisch ausländisch ist. Der Setzer hat sich stur nach der Vorlage gerichtet. Pflückmaschinen sind in den Staaten gerade erst in den Kinderschuhen, bei uns aber so gut wie unbekannt, und artesische Brunnen hat man drüben auch viel mehr als hier. Es war eine typisch amerikanische Anzeige, doch angeblich von einer englischen Firma. Was schließen Sie daraus?«

»Ich kann lediglich vermuten, daß der amerikanische Rechtsanwalt sie selber aufgegeben hat. Doch was bezweckt er damit?«

»Da gibt es verschiedene Erklärungen. Jedenfalls wollte er den alten Kauz in Birmingham haben. Das ist ganz offensichtlich. Ich hätte ihm sagen können, daß seine Reise dorthin ein vergebliches Unterfangen ist. Doch mir schien es dann besser, hier freie Bahn zu bekommen, indem er fährt. Morgen, Watson – ja, morgen wird der Tag uns zeigen, was dahintersteckt.«

Holmes war zeitig aufgestanden und weggegangen. Als er zur Mittagszeit zurückkehrte, fand ich, daß sein Gesicht einen sehr besorgten Ausdruck hatte.

»Das ist eine ernstere Angelegenheit, als ich vermutet habe, Watson«, erklärte er mir. »Und ich muß Ihnen das fairerweise sagen, obwohl ich weiß, daß Sie das nur viel eher dazu bringt, mitten in die Gefahr zu laufen. Inzwischen sollte ich ja meinen Watson kennen. Aber da *ist* Gefahr, und es ist besser, wenn Sie darüber informiert sind.«

»Ach was, Holmes, es ist nicht die erste, der wir gemeinsam begegnen. Und ich hoffe, auch nicht die letzte. Mit welcher Ungeheuerlichkeit haben wir es denn diesmal zu tun?«

»Wir haben uns auf einen harten Fall eingelassen. Ich habe unseren

Mr. John Garrideb, Rechtsberater, identifiziert. Ja, mit dem Recht hat er schon zu tun gehabt. Er ist nämlich niemand anders als ›Killer‹ Evans, ein Mann mit finsterem, gemeingefährlichen Ruf.«

»Ich fürchte, ich bin trotz Ihrer Ausführungen noch nicht schlauer.«

»Es gehört eben nicht zu Ihrem Beruf, eine Newgate-Insassenliste in Ihrem Kopf spazierenzutragen. Ich habe unserem Freund Lestrade von Scotland Yard einen Besuch abgestattet. Es mag dort zwar gelegentlich ein Mangel an Phantasie und Einfühlungsvermögen festzustellen sein, aber was Gründlichkeit und Methodik betrifft, sind sie unschlagbar. Ich hoffte, wir könnten unserem Amerikaner mit Hilfe ihrer Kartei auf die Spur kommen. Und natürlich lächelte mir sein pausbäckiges Gesicht aus dem Verbrecheralbum entgegen. James Winter, alias Morecroft, alias Killer Evans stand darunter.« Holmes zog einen Umschlag aus der Tasche. »Ich habe mir ein paar Einzelheiten aus seiner Akte notiert. Alter: vierundvierzig. Geboren in Chicago. Hat in den Staaten drei Männer erschossen. Entkam dort durch politischen Einfluß aus dem Zuchthaus. Tauchte 1893 in London auf. Im Januar 1895 schoß er beim Kartenspiel im Nachtklub in der Waterloo Road einen Mann nieder. Der Mann starb, doch wie sich herausstellte, hatte dieser die Auseinandersetzung angezettelt und Evans angegriffen. Der Tote wurde als Roger Prescott identifiziert, ein berühmter Geldfälscher. Killer Evans wird 1901 aus dem Gefängnis entlassen und steht seitdem unter polizeilicher Überwachung. Soweit bekannt ist, hat er bisher ein anständiges Leben geführt. Er ist sehr gefährlich, trägt für gewöhnlich Waffen bei sich und zögert nicht, sie zu benutzen. Das ist unser Vogel, Watson, und noch dazu ein ganz schön gewitzter.«

»Aber was ist sein Spiel?«

»Das beginnt sich abzuzeichnen. Ich bin auch bei der Hausverwaltung gewesen. Unser Klient lebt tatsächlich, wie er uns gesagt hat, seit fünf Jahren in der Wohnung. Zuvor hat sie für ein Jahr leergestanden. Und der Mieter davor war ein etwas unsteter Gentleman namens Waldron. Man erinnert sich bei der Verwaltung noch sehr gut an ihn. Er war plötzlich verschwunden, und man hat nie wieder etwas von ihm gehört. Er soll groß, bärtig und von ziemlich dunkler Gesichtsfarbe gewesen sein. Prescott, den Killer Evans erschossen hat, war nach Auskunft von Scotland Yard ein großer dunkler Mann mit Bart. Wir können einmal von der Arbeitshypothese ausgehen, daß Prescott, der Verbrecher aus Amerika, in demselben Raum gelebt hat, in dem unser ahnungsloser Freund jetzt sein Museum beherbergt. So haben wir schon ein Glied in unserer Kette.«

»Und was ist das nächste?«

»Danach müssen wir jetzt Ausschau halten.«

Er nahm einen Revolver aus der Schublade und reichte ihn mir. »Ich habe meinen alten Liebling schon bei mir. Wir müssen gewappnet sein, falls unser Wildwest-Freund versuchen will, seinem Namen Ehre zu machen. Wenn Sie wollen, können Sie sich noch für ein Stündchen aufs Ohr legen. Doch dann ist es meiner Meinung nach Zeit für unser Abenteuer in der Ryder Street.«

Es war Punkt vier, als wir bei Nathan Garridebs seltsamer Wohnung anlangten. Mrs. Saunders, die Aufwartefrau, wollte gerade gehen, zögerte aber nicht, uns hereinzulassen. Die Tür war nämlich mit einem Schnappschloß versehen, und Holmes versprach, sie anschließend sorgfältig hinter sich zuzuziehen. Kurz darauf hörten wir die Haustür zufallen, und dann sahen wir Mrs. Saunders Hütchen unter dem Erkerfenster vorbeihuschen. Jetzt waren wir also allein im Erdgeschoß. Holmes untersuchte geschwind den Raum. Ein Schrank in einer Ecke stand ein Stück von der Wand abgerückt. Wir schlüpften schließlich dahinter, und Holmes gab mir im Flüsterton kurz einen Abriß seiner Ansichten.

»Er wollte unbedingt unseren reizenden alten Kauz aus dem Zimmer forthaben – das steht fest. Und da der Sammler praktisch nie ausging, heckte er einen Plan aus, um ihn rauszulocken. Diese ganze Erfindung mit dem Garrideb-Testament hatte wahrscheinlich nur dieses eine Ziel. Irgendeine teuflische Genialität steckt dahinter. Der ausgefallene Name unseres Mieters kam seinen Plänen entgegen. Jedenfalls hat er die Geschichte erstaunlich schlau zurechtgestrickt.«

»Aber was will er damit?«

»Ja, Watson, um das herauszufinden, sind wir hier. Sie hat, soweit ich das durchschaue, überhaupt nichts direkt mit unserem Klienten zu tun. Sie muß viel eher in einem Zusammenhang mit dem Mann stehen, der hier gewohnt und den Evans ermordet hat. Vielleicht waren sie Komplizen bei einem Verbrechen. Dieser Raum hier scheint ein finsteres Geheimnis zu bergen. Das ist jedenfalls meine Theorie. Anfangs dachte ich, unser Freund hätte wohl doch etwas in seiner Sammlung, das wertvoller ist, als er es vermutete – etwas, das sich für einen professionellen Kriminellen lohnte. Doch der Umstand, daß Robert Prescott, unseligen Angedenkens, eine Zeitlang in diesen Räumen gehaust hat, weist auf einen anderen, verborgeneren Grund hin. Tja, Watson, wir können im Moment nichts anderes tun, als uns in Geduld zu fassen und abzuwarten, was die nächsten Stunden wohl bringen werden.«

Es sollte sich sehr rasch etwas tun. Wir hörten plötzlich, wie die Haustür geöffnet und wieder geschlossen wurde, und drückten uns tiefer in unser Versteck. Kurz darauf ertönte das metallische Drehen eines Schlüssels, und dann stand der Amerikaner auch schon im Zimmer. Leise schloß er die Tür hinter sich, blickte sich prüfend um, ob alles in Ordnung war, warf seinen Mantel ab und ging mit den festentschlossenen Schritten eines Mannes, der genau weiß, was er will und wie er es erreicht, zu dem Tisch in der Mitte. Er schob ihn beiseite, schlug den Teppich weit zurück, rollte ihn zusammen, als das offensichtlich noch nicht reichte, richtete er sich auf und starrte eine Weile auf den Boden. Dann zog er ein Brecheisen aus der Innentasche seiner Jacke, kniete sich hin und fing wie wild an, die Dielenbretter zu bearbeiten. Schließlich hörten wir das Geräusch nachgebenden Holzes, und kurz darauf sahen wir, daß eine dunkle quadratische Öffnung entstanden war. Killer Evans ließ ein

Streichholz aufflammen, zündete einen Kerzenstummel an und verschwand von der Bildoberfläche.
Unser Augenblick mußte gekommen sein. Da berührte auch Holmes schon zum Zeichen mein Handgelenk, und gemeinsam schlichen wir zu der offenen Falltür. So sachte wir auch auftraten, die betagten Dielen hatten wohl doch unter unseren Füßen geknarrt. Denn der Kopf des Amerikaners tauchte plötzlich, erschrocken um sich spähend, aus der Versenkung auf. Er sah uns erst verwirrt, dann zornentbrannt an, doch sein Gesicht glättete sich recht bald, als er entdeckte, daß zwei Revolvermündungen auf ihn gerichtet waren.
»Ruhig, ruhig!« sagte er lässig und stieg aus dem Loch. »Ich fürchte, Sie waren mir doch über, Mr. Holmes. Haben mein Spiel durchschaut, denke ich mir, und mich von Anfang an reingelegt. Gut, ich gebe auf. Sie haben mich geschlagen und...«
Im nächsten Augenblick hatte er einen Revolver aus der Brusttasche gezogen und feuerte zwei Schüsse ab. Ich verspürte plötzlich ein heftiges Brennen auf meinem Schenkel, als ob jemand ein glühendes Eisen darauf gepreßt hätte. Es gab einen dumpfen Schlag, als Holmes' Revolverknauf auf den Schädel des Mannes niedersauste. Der Schmerz vernebelte mir die Sinne. Doch ich meinte zu erkennen, wie Killer Evans mit blutüberströmtem Gesicht zu Boden ging und Holmes sich auf ihn stürzte und nach weiteren Waffen absuchte. Dann schlangen sich die drahtigen Arme meines Freundes um mich, und er brachte mich zu einem Sessel.
»Sie sind doch nicht etwa verletzt, Watson?« fragte er besorgt. »Mein Gott, sagen Sie doch, daß Sie nicht verletzt sind!«
Es war eine Wunde wert – ach, es war sogar viele Wunden wert –, die tiefe Freundschaft und Liebe zu erfahren, die sich sonst hinter der so kühlen Maske eines Sherlock Holmes verbarg. Seine scharfen, unerbittlichen Augen trübten sich kurz, und seine festen, entschlossenen Lippen zitterten leicht. In diesem Moment, und auch nur dieses eine Mal, durfte ich sehen, daß sein Herz ebenso groß

war wie sein vielgefürchteter Verstand. All die Jahre meines bescheidenen, aber festentschlossenen Helfens fanden ihre Belohnung in diesem Augenblick der Enthüllung.
»Es ist nichts weiter, Holmes. Nur ein kleiner Kratzer.«
Schon hatte er mein Hosenbein mit seinem Taschenmesser aufgeschlitzt.
»Sie haben recht!« rief er mit einem Seufzer der Erleichterung. »Die Wunde ist nur oberflächlich.« Sein Gesicht wurde wieder steinhart, als er sich an unseren Gefangenen wandte, der sich gerade mühsam und mit verstörtem Ausdruck aufzurichten versuchte. »Das ist auch Ihr Glück, kann ich Ihnen nur sagen. Wenn Sie Watson umgebracht hätten, wären Sie nicht mehr lebend aus diesem Zimmer hier herausgekommen. So, was können Sie zu Ihrer Verteidigung vorbringen?«
Killer Evans blieb stumm. Er lag wieder flach auf dem Boden und starrte finster vor sich hin. Ich stützte mich auf Holmes' Arm, und gemeinsam traten wir an die Öffnung und schauten in den kleinen Keller hinab, der all die Jahre unter der Geheimtür verborgen gewesen war. Er wurde noch immer von der Kerze erhellt, die Evans mit nach unten genommen hatte. Wir staunten nicht schlecht, als wir eine große rostige Maschine, dicke Papierrollen, ein Durcheinander von Flaschen und, fein säuberlich auf einen kleinen Tisch gestapelt, eine Anzahl glatter, neuer Scheine erblickten.
»Eine Druckerpresse – die komplette Ausstattung eines Geldfälschers.«
»Ja«, sagte unser Gefangener, kämpfte sich langsam auf die Beine hoch und ließ sich auf den nächstbesten Stuhl fallen. »Die des größten Fälschers, den London je gesehen hat. Das ist Prescotts Maschine, und diese Bündel dort auf dem Tisch sind zweitausend von Prescotts Banknoten, jede zu hundert Pfund und so geschickt gemacht, daß sie überall als echt durchgehen. Bedienen Sie sich, meine Herren. Als Gegenleistung lassen Sie mich laufen.«
Holmes lachte.

»So laufen bei uns die Dinge nicht, Mr. Evans. Es gibt kein Schlupfloch für Sie in diesem Land. Sie haben Prescott erschossen, nicht wahr?«
»Ja, und mir fünf Jahre dafür eingehandelt, obwohl er es gewesen ist, der auf mich angelegt hatte. Fünf Jahre! Statt dessen hätte ich einen suppentellergroßen Orden verdient. Nicht eine Menschenseele kann eine ›Prescott‹ von einer echten ›Bank von England‹ unterscheiden, und hätte ich ihn nicht aus der Welt geschafft, wäre heute ganz London mit seinen Scheinen überflutet. Ich war der einzige, der wußte, wo er sie anfertigte. Wundert es Sie da, daß ich scharf darauf war, an diesen Ort zu kommen? Und wundert es Sie etwa, daß ich, als ich diesen bekloppten Käferjäger mit seinem komischen Namen direkt darüber hocken sah, der nie rausging, mir etwas einfallen ließ, um ihn für eine Weile aus seinen vier Wänden zu locken? Wahrscheinlich wäre es klüger von mir gewesen, ihn ganz aus dem Weg zu räumen. Das wäre mir ein leichtes gewesen. Aber ich bin eben ein weichherziger Bursche, der es nicht fertig bringt, einfach loszuballern, außer der andere hat auch ein Gewehr. Sagen Sie, Mr. Holmes, was habe ich verbrochen? Ich habe diese Apparatur überhaupt nicht angerührt und dem alten Ekel auch kein Härchen gekrümmt. Was wollen Sie mir eigentlich vorwerfen?«
»Lediglich einen Mordversuch, soweit ich das jetzt sehe«, entgegnete Holmes. »Aber das ist nicht unsere Aufgabe. Das übernehmen die von der anderen Abteilung. Was wir wollten, war nichts weiter als Ihre entzückende Person, die uns zur Lösung des netten kleinen Falles führt. So, Watson, rufen Sie bitte Scotland Yard an. Es wird für sie nicht völlig überraschend sein.«
Das also war die Geschichte von Killer Evans und seiner beachtlichen Erfindung der drei Garridebs. Wir haben später erfahren müssen, daß sich unser armer alter Freund nie mehr von dem Schock seiner zerstörten Träume erholt hat. Als das Luftschloß in sich zusammenfiel, begrub es ihn unter seinen Trümmern. Das letzte, was man von ihm vernahm, war aus einem Pflegeheim in Brixton. Für

Scotland Yard dagegen war es ein Freudentag, als sie erfuhren, die Prescott-Druckpresse sei gefunden, denn obwohl man dort von ihrer Existenz wußte, war es nach dem Tod des Fälschers doch nie gelungen, sie aufzuspüren. Evans hatte in der Tat dem Yard einen großen Dienst erwiesen und vielen wackeren Polizeibeamten wieder zum wohlverdienten Büroschlaf verholfen, denn immerhin war der Fälscher-Keller in der Rubrik ›Gefahren für die Öffentlichkeit‹ eine Klasse für sich. Sie hätten ihm bestimmt gern den suppentellergroßen Orden zukommen lassen, von dem der Verbrecher gesprochen hatte, aber eine verständnislose Richterschaft sah die Sache in weniger verdienstvollem Licht. So kehrte Killer Evans wieder an jenen abgeschiedenen Ort zurück, aus dem er gerade aufgetaucht war.

Das leere Haus

Im Frühling des Jahres 1894 hatte London mal wieder seine Sensation. Besonders die Vornehmen waren über den Mord an dem ehrenwerten Ronald Adair entsetzt, der unter den ungewöhnlichsten und unerklärlichsten Umständen stattgefunden hatte. Einige Einzelheiten aus den Polizeiberichten waren schon damals durchgesikkert, obwohl man sich wegen der Ungeheuerlichkeit des Falles und den Schwierigkeiten bei der Aufklärung des Verbrechens alle Mühe gegeben hatte, nur ja nicht zuviel an die Öffentlichkeit dringen zu lassen.
Doch erst jetzt, nach fast zehn Jahren, darf ich die fehlenden Glieder der Kette bekanntgeben, durch die der Fall überhaupt verständlich wird. Das Verbrechen war an sich schon äußerst interessant gewesen, aber was sich dann im Zusammenhang damit ereignete, überraschte und schockierte mich mehr als alles andere zuvor in meinem abenteuerreichen Leben. Auch jetzt noch, nach so langer Zeit, erfaßt mich ein seltsamer Kitzel, wenn ich mich daran zurückerinnere. Und mich durchströmt auch wieder die Welle der freudigen Erregung, des Staunens und der Ungläubigkeit, die meinen Verstand damals überschwemmte und außer Kraft setzte. Die Leser, die meine gelegentlichen Einblicke in das Denken und Handeln eines höchst bemerkenswerten Mannes mit gewissem Interesse verfolgt haben, mögen mir verzeihen, daß ich ihnen nicht gleich all mein Wissen mitgeteilt habe. Ich wäre dem bestimmt nachgekommen, denn ich halte das für meine oberste Pflicht. Doch ein Gebot absoluten Stillschweigens von den Lippen eben dieses Mannes hinderte mich daran, und es ist erst am dritten des vorigen Monats aufgehoben worden.

Man kann sich leicht denken, daß meine enge Freundschaft mit Sherlock Holmes in mir ein tiefes Interesse an der Kriminalität geweckt hat, und so habe ich auch nach seinem Verschwinden nie damit aufgehört, sorgfältig alle Fälle, die an die Öffentlichkeit gelangten, zu studieren. Und ich habe sogar mehrfach, sozusagen zum eigenen Vergnügen, versucht, seine Methoden bei der Lösung eines Problems anzuwenden, wenn auch nur mit mäßigem Erfolg. Und es hat mich kein Fall mehr gereizt als der tragische Tod von Ronald Adair. Als ich den Bericht über die Leichenschau las, in dem man zu dem Schluß von ›vorsätzlichem Mord, ausgeübt von einer oder mehreren Personen‹ kam, wurde mir mehr denn je bewußt, welchen Verlust für die Allgemeinheit der Tod von Sherlock Holmes bedeutete. Es gab da einige Punkte in dieser dunklen Geschichte, die ihn bestimmt besonders gefesselt hätten. Und wie sehr würde er mit seiner geschulten Beobachtungsgabe und seinem scharfen Verstand die Arbeit der Polizei unterstützt haben und ihr aller Wahrscheinlichkeit nach sogar voraus gewesen sein! Schließlich war er der beste Detektiv Europas gewesen!
Jeden Tag, wenn ich meine Runde machte, durchdachte ich den Fall von neuem, fand jedoch nie eine mir plausibel erscheinende Erklärung. Auch auf die Gefahr hin, bereits Bekanntes zu wiederholen, will ich doch noch einmal die Fakten aufzählen, die der Öffentlichkeit bei Abschluß der Untersuchung zugänglich waren.
Der ehrenwerte Ronald Adair war der zweite Sohn des Earl of Maynooth, damals Gouverneur in einer der australischen Kolonien. Adairs Mutter hatte Australien verlassen, weil sie sich in London einer Augenoperation gegen grauen Star unterziehen mußte, und lebte daraufhin mit ihrem Sohn Ronald und ihrer Tochter Hilda in der Park Lane 427. Der junge Mann verkehrte in den besten Kreisen und hatte, soviel man wußte, keine Feinde und auch keine besonderen Laster. Er war mit einer Miß Edith Woodley aus Carstairs verlobt gewesen. Doch man hatte die Verbindung einige Monate vor seinem Tod im gegenseitigen Einverständnis gelöst, und es deu-

tete nichts darauf hin, daß dadurch tiefere Gefühle verletzt worden waren. Ansonsten bewegte sich das Leben des jungen Mannes in einem engen konventionellen Rahmen, was seinen unauffälligen Gewohnheiten und seiner ruhigen Natur entsprach. Trotzdem traf diesen unkomplizierten jungen Adligen der Tod auf höchst merkwürdige und unerwartete Weise am späten Abend des 30. März 1894 zwischen zehn und elf Uhr zwanzig.

Ronald Adair spielte gern Karten, und er tat es regelmäßig, jedoch nie mit Einsätzen, die ihm schmerzhafte Verluste hätten bringen können. Er war Mitglied mehrerer Klubs, und es stellte sich heraus, daß er am Tag seines Todes nach dem Abendessen im Bagatelle-Klub eine Partie Whist gespielt hatte. Er war auch schon am Nachmittag dort zum Kartenspielen erschienen. Nach den Aussagen seiner Partner – Mr. Murray, Sir John Hardy und Colonel Moran – hatte es sich ebenfalls um Whist gehandelt, und die Karten sollen ziemlich gleichmäßig ausgefallen sein. Adair hatte vielleicht fünf Pfund verloren, aber nicht mehr. Er besaß ein beachtliches Vermögen, so daß ihn dieser Verlust unmöglich hatte treffen können. Zwar spielte er fast täglich in dem einen oder anderen Klub, aber er tat das durchaus besonnen und stand meist vom Tisch auf, wenn er gewonnen hatte. Bei der Vernehmung der Zeugen erfuhr man auch, daß er einige Wochen zuvor, zusammen mit Colonel Moran, in einer Partie gegen Godfrey Milner und Lord Balmoral auf einen Schlag mindestens 420 Pfund gewonnen hatte. Soviel über sein Vorleben, wie es bei den Untersuchungen herausgekommen war.

Am Abend seiner Ermordung kehrte er um Punkt zehn Uhr vom Klub zurück. Seine Mutter und seine Schwester waren eine Verwandte besuchen gegangen. Das Dienstmädchen hatte ihn, laut Aussage, gehört, wie er das Vorderzimmer im zweiten Stock betrat, in dem er sich für gewöhnlich aufhielt. Sie hatte dort zuvor das Feuer im Kamin angezündet, und weil er so rauchte, das Fenster geöffnet. Kein Laut war von dort zu hören, bis elf Uhr zwanzig, als Lady Maynooth und ihre Tochter nach Hause kamen. Die Lady wollte ihrem Sohn noch gute Nacht sagen, fand jedoch die Tür von innen verschlossen und erhielt auf ihr Rufen und Klopfen keine Antwort. Sie holte Hilfe und ließ die Tür aufbrechen. Der arme junge Mann lag dicht beim Tisch auf dem Boden, sein Kopf von einer Revolverkugel fürchterlich zugerichtet. Doch man konnte nirgends in dem Zimmer eine Waffe entdecken. Auf dem Tisch fand man zwei Zehnpfundscheine und siebzehn Pfund und zehn Schilling in Gold und Silber, in mehrere offensichtlich abgezählte Häufchen aufgeteilt. Auf einem Blatt Papier daneben standen einige Zahlen, hinter die die Namen von Klubfreunden notiert waren. Man schloß daraus, daß er vor seinem Tod versucht hat, eine Aufstellung über seine Gewinne und Verluste beim Kartenspiel zu machen. Eine genaue Untersuchung aller Begleitumstände ließ den Fall nur noch rätselhafter erscheinen. So gab es zum Beispiel überhaupt keinen vernünftigen Grund, warum der junge Mann seine Tür von innen abgeschlossen hatte. Also nahm man erst einmal an, der Mörder selbst hätte dies getan und sei dann durch das Fenster geflohen. Doch von da aus bis zum Boden waren es gut sechs Meter, und unmittelbar darunter lag ein Beet mit blühenden Krokussen. Blumen und Erde zeigten keinerlei Spuren, ebensowenig der schmale Grasstreifen zwischen Haus und Straße. Also mußte der junge Mann selber die Tür verschlossen haben. Aber wie war er umgekommen? Niemand konnte zum Fenster hochgeklettert sein, ohne Spuren zu hinterlassen. Angenommen, jemand hätte durch das Fenster geschossen, so muß es eine äußerst ungewöhnliche Kugel gewesen sein, daß sie eine derart fürchterliche tödliche Verletzung bewirkte. Außerdem ist die Park Lane eine belebte Straße, und keine hundert Meter vom Haus entfernt befindet sich ein Droschkenstand. Doch niemand hatte einen Schuß gehört. Und doch gab es den Toten und die Revolverkugel. Sie war auseinandergeplatzt, wie das weichköpfige Geschosse an sich haben, und hatte eine solche Wunde geschlagen, daß der Tod unmittelbar darauf eingetreten sein mußte. So standen die Dinge beim Park-Lane-Mord, und der geheimnisvolle

Fall wurde dadurch noch verworrener, daß offensichtlich jegliches Motiv für die Tat fehlte. Denn der junge Adair hatte, wie ich schon erwähnte, anscheinend keine Feinde, und es war auch kein Versuch gemacht worden, Geld oder andere Wertgegenstände aus dem Zimmer zu entwenden.

Immer wieder dachte ich über die einzelnen Fakten nach und strengte mich an, eine Theorie zu finden, in der sie alle Platz hatten, und außerdem die schwächste Stelle aufzuspüren. Denn laut meinem armen Freund war sie der Ausgangspunkt für jede Untersuchung. Ich muß gestehen – ich kam kaum voran. Am Abend streifte ich dann durch den Park und gelangte gegen sechs Uhr zur Ecke Oxford Street – Park Lane. Ich brauchte nicht weiter nach dem Haus zu suchen, denn eine Menge Neugieriger hatte sich auf dem Bürgersteig davor versammelt und starrte zu einem bestimmten Fenster hinauf. Ein hochgewachsener hagerer Mann mit dunkler Brille, den ich in Verdacht hatte, daß er ein Kriminalbeamter in Zivil war, gab seine eigenen Theorien zum Besten, und mehr und mehr Leute scharten sich um ihn und lauschten ihm andächtig. Ich drängte mich so dicht wie möglich an ihn heran, doch seine Beobachtungen schienen mir so absurd, daß ich mich verärgert wieder abwandte. Dabei stieß ich mit einem ältlichen mißgestalteten Mann zusammen, der hinter mir gestanden hatte, und brachte ein paar Bücher, die er unter dem Arm geklemmt hielt, zu Fall. Ich erinnere mich, daß ich mir, als ich sie auflas, einen Titel genauer ansah: »Über den Ursprung der Baum-Verehrung.« Ich schloß daraus, daß es sich bei diesem Mann um einen Büchernarren handeln mußte, der entweder von Berufs wegen oder als Hobby solche seltsamen Bände sammelte. Ich stammelte einige Worte der Entschuldigung. Doch diese Bücher, die ich unseligerweise so mißhandelt hatte, stellten offensichtlich in den Augen ihres Besitzers enorme Kostbarkeiten dar. Jedenfalls drehte er sich mit einem verächtlichen Schnauben auf dem Absatz herum, und gleich darauf sah ich nur noch seinen Buckel und seinen weißen Backenbart in der Menge verschwinden.

Meine Beobachtungen von Haus Nr. 427 in der Park Lane trugen wenig dazu bei, dieses Problem, das mich so brennend interessierte, aufzuhellen. Eine niedrige Mauer mit einer Art Geländer darauf, insgesamt nicht höher als eineinhalb Meter, trennte das Haus von der Straße. Von daher war es also höchst einfach, in den Garten zu gelangen. Aber das Fenster war praktisch unerreichbar. Es gab kein Wasserrohr oder sonst etwas, an dem jemand hätte hochklettern können, auch nicht der geschickteste Mann. Verwirrter denn je lenkte ich meine Schritte nach Kensington zurück. Ich saß noch keine fünf Minuten in meinem Arbeitszimmer, als das Dienstmädchen eintrat und meldete, jemand wünsche mich zu sprechen. Zu meinem Erstaunen war es mein verschrobener alter Büchersammler. Sein scharfgeschnittenes zerknittertes Gesicht guckte aus einem Kranz von weißen Haaren hervor, und er trug noch immer seine kostbaren Bände, es mußten so an ein Dutzend sein, unter dem rechten Arm.

»Sie sind überrascht, mich hier zu sehen, Sir«, sagte er mit einer seltsam krächzenden Stimme.

Ich bestätigte das.

»Ja, wissen Sie«, fuhr er fort, »ich hatte kein gutes Gefühl. Also humpelte ich hinter Ihnen her, und als ich Sie zufällig in dieses Haus gehen sah, dachte ich mir, ich sollte doch diesen freundlichen Herrn kurz aufsuchen und ihm sagen, daß ich das vorhin nicht so gemeint habe, als ich etwas ruppig war, und daß ich ihm sehr dankbar bin, daß er so liebenswürdig gewesen ist, mir meine Bücher aufzusammeln.«

»Oh, ich bitte Sie. Sie machen viel zuviel Aufhebens von dieser Kleinigkeit«, entgegnete ich. »Aber ich möchte Sie fragen, woher Sie mich kennen.«

»Nun, Sir, ich hoffe, es erscheint Ihnen nicht zu aufdringlich, aber ich bin ein Nachbar von Ihnen. Mein kleiner Buchladen ist hier gleich an der Ecke Church Street, und es wäre mir eine große Ehre, wenn Sie dort mal bei mir vorbeischauen würden. Vielleicht sam-

meln Sie auch Bücher. Ich habe hier »Die Vögel Großbritanniens« und »Catullus« und hier noch »Der Heilige Krieg« – alles einmalige Gelegenheiten! Mit fünf solchen Bänden könnten Sie gerade die Lücke dort auf dem zweiten Brett füllen. So sieht es unschön aus, finden Sie nicht auch?«
Ich drehte den Kopf zu meinem Bücherschrank hinter mir um. Als ich wieder nach vorn sah, stand Sherlock Holmes vor mir und grinste mir über meinen Schreibtisch hinweg zu.
Ich sprang auf, starrte ihn einige Sekunden lang an – und dann muß ich zum ersten und letzten Mal in meinem Leben in Ohnmacht gefallen sein. Jedenfalls schwamm ein grauer Nebel vor meinen Augen, verhüllte die Geistererscheinung, und als er sich endlich wieder verzogen hatte, fand ich mich mit geöffnetem Kragen und spürte auf meinen Lippen den brennenden Nachgeschmack von Brandy. Holmes beugte sich über meinen Stuhl, seine Taschenflasche noch in der Hand.
»Mein lieber Watson«, sagte die wohlbekannte Stimme. »Ich bitte Sie tausendmal um Verzeihung. Ich hätte nie gedacht, daß es Sie so treffen würde.«
Ich griff nach seinem Arm.
»Holmes!« rief ich. »Sind Sie es wirklich? Ist es möglich, daß Sie doch noch leben? Wie haben Sie es nur geschafft, aus dem fürchterlichen Abgrund herauszuklettern?«
»Langsam, langsam«, beschwichtigte er mich. »Sind Sie sicher, daß Sie es schon aushalten, mit mir über all das zu reden? Ich habe Ihnen durch meinen unnötig dramatischen Auftritt einen schlimmen Schock versetzt.«
»Mit mir ist wieder alles in Ordnung, keine Sorge. Aber, ich kann meinen Augen gar nicht recht trauen, Holmes. Mein Gott! Daß ausgerechnet Sie hier in meinem Arbeitszimmer stehen sollen!« Wieder faßte ich seinen Ärmel und fühlte den mageren sehnigen Arm darunter. »Na, immerhin sind Sie kein Gespenst«, sagte ich. »Mein lieber Freund, ich bin überglücklich, Sie wiederzusehen.

Setzen Sie sich und erzählen Sie mir, wie Sie lebendig aus dem schrecklichen Abgrund herausgekommen sind.«

Er machte es sich mir gegenüber bequem und zündete sich auf die alte, lässige Art eine Zigarette an. Er trug zwar noch immer den schäbigen Buchhändlerkittel, aber der Rest der Kostümierung, das weiße Haar und der Backenbart, lag zusammen mit den Büchern auf dem Tisch. Holmes sah noch hagerer und kantiger aus als früher, und die Leichenblässe in seinem Adlergesicht verriet mir, daß er in der letzten Zeit nicht gerade ein gesundes Leben geführt hatte.

»Es tut mir gut, mich wieder strecken zu können, Watson«, sagte er. »Es ist nämlich kein Vergnügen für einen großen Mann, wenn er über Stunden seinen Körper um gut dreißig Zentimeter verkürzen muß. Übrigens, mein Lieber, inmitten all der Erklärungen möchte ich Sie erst einmal fragen, ob Sie bereit wären, mit mir zusammenzuarbeiten; es steht uns eine schwere und gefährliche Nacht bevor. Vielleicht gebe ich Ihnen besser erst einen vollständigen Bericht über die Zusammenhänge, wenn wir alles hinter uns gebracht haben.«

»Ich platze aber vor Neugier und möchte nicht länger warten.«

»Sie wollen also heute nacht mit mir mitkommen?«

»Wann und wohin Sie immer wollen.«

»Ach, das ist ja wie in alten Zeiten. Bevor wir losziehen, essen wir besser noch eine Kleinigkeit zu Abend. Gut, erst einmal zu der Schlucht. Ich hatte keine ernsthaften Schwierigkeiten, dort herauszukommen, und zwar aus dem einfachen Grund, weil ich nie drin gewesen bin.«

»Was, Sie waren nie drin?«

»Nein, Watson, Sie hören ganz richtig. Meine Nachricht an Sie war aber trotzdem kein Täuschungsmanöver. Ich hatte wenig Zweifel, am Ende meiner Karriere angelangt zu sein, als ich die unheilvolle Gestalt des Professor Moriarty auf dem schmalen Pfad auftauchen sah, der mich in Sicherheit führen sollte. In seinen grauen Augen stand ein unerbittlicher Entschluß. Ich wechselte deshalb ein paar

Worte mit ihm und erhielt die höfliche Erlaubnis, die kurze Mitteilung zu schreiben, die Sie später gefunden haben. Ich ließ sie zusammen mit meinem Zigarettenetui und meinem Stock zurück, und ging dann langsam den Pfad weiter, Moriarty mir immer auf den Fersen. Am Ende stellte er mich. Er zog zwar keine Waffe, sprang mich aber mit einem Riesensatz an und schlang seine langen Arme um mich. Er wußte, sein Spiel war aus, und er war nur noch darauf versessen, sich dafür an mir zu rächen. Wir stolperten ineinander verschlungen bis dicht an den Rand des Wasserfalls. Ich kenne mich ein wenig in *Baritsu,* dem japanischen Ringen, aus, und es hat mir schon mehr als einmal aus der Klemme geholfen. Mit einer geschickten Bewegung entwand ich mich seinem Griff. Er taumelte, schrie fürchterlich auf und suchte, mit den Armen in der Luft herumfuchtelnd, nach einem Halt. Doch es half ihm alles nichts, er konnte sich nicht mehr fangen und stürzte ab. Ich beugte mich über den Rand und sah ihn in die Tiefe fallen. Dann schlug er auf einen hervorspringenden Felsen, prallte ab und klatschte ins Wasser.«
Verblüfft lauschte ich Holmes' Erklärungen, die nur unterbrochen wurden, wenn er an seiner Zigarette zog.
»Aber die Spuren!« rief ich. »Ich habe mit eigenen Augen gesehen, daß zwei den Pfad hinuntergingen, aber keine zurück.«
»Hören Sie zu, das kam so: Kaum daß der Professor verschwunden war, wurde mir klar, welch wundervolle Chance mir das Schicksal bot. Ich wußte, Moriarty war nicht der einzige gewesen, der meinen Tod wollte. Es gab mindestens noch drei Leute, deren Wunsch nach Rache an mir durch den Tod ihres Anführers nur noch gesteigert werden würde. Es waren alles äußerst gefährliche Männer. Der eine oder andere von ihnen mußte mich irgendwann mal erwischen. Wenn aber alle Welt glaubte, ich sei tot, dann würden diese Männer ganz anders auftreten, sich viel mehr herausnehmen, und ich könnte ihnen das Handwerk legen. Dann wäre der Zeitpunkt für mich gekommen zu zeigen, daß ich noch im Land der Lebenden weilte. Und der Verstand arbeitet so schnell, daß ich, wenn ich mich recht

erinnere, mit all diesen Überlegungen fertig war, bevor noch Professor Moriarty den Grund des Reichenbach-Falls erreicht hatte. Ich richtete mich wieder auf und untersuchte die Felswand hinter mir. In Ihrem anschaulichen Bericht, den ich einige Monate später mit größtem Vergnügen gelesen habe, behaupteten Sie, die Wand sei ganz glatt. Genaugenommen stimmte das nicht. Es gab ein paar kleine Vorsprünge, die einem Fuß Halt bieten konnten, und so etwas wie eine Andeutung von einem Gesims. Doch die Felswand ist so hoch, daß ich sie unmöglich bis oben hochklettern konnte, und es war ebenso unmöglich, auf dem feuchten Pfad zurückzugehen, ohne Spuren zu hinterlassen. Natürlich hätte ich einfach rückwärts gehen können, wie ich das schon verschiedentlich getan habe, aber drei Fußspuren in eine Richtung hätten wahrscheinlich den Verdacht auf ein Täuschungsmanöver aufkommen lassen. Also schien es mir das Beste, die Kletterpartie auf mich zu nehmen. Das war keine angenehme Sache, Watson. Unter mir donnerte der Wasserfall. Ich bilde mir nicht schnell was ein, wie Sie wissen, aber ich schwöre Ihnen, mir war, als hörte ich Moriarty aus dem Abgrund nach mir schreien. Die kleinste falsche Bewegung wäre tödlich gewesen. Mehr als einmal dachte ich, als Grasbüschel sich unter meiner Hand lösten oder mein Fuß auf den nassen Gesteinsnasen wegrutschte, nun ist es aus mit mir. Trotz allem kämpfte ich mich nach oben, und endlich erreichte ich den Vorsprung. Er war mehrere Fuß breit, mit weichem grünen Moos überzogen, und ich konnte mich da erst einmal bequem verbergen. Dort lag ich, als Sie, mein lieber Watson, und all die anderen in Ihrem Gefolge, so teilnahmsvoll, aber auch so ungeschickt, die näheren Umstände meines Todes untersuchten.

Als Sie endlich zu Ihren unvermeidlichen, aber völlig irrigen Schlüssen gekommen waren, brachen Sie zum Hotel auf, und ich war wieder allein. Ich hatte mir eingebildet, mein gefährliches Abenteuer sei so einigermaßen zu Ende, doch ein höchst unerwartetes Ereignis belehrte mich, daß mir noch einiges bevorstand. Ein riesiger Felsbrocken sauste von oben haarscharf an mir vorbei, schlug auf dem Pfad auf und sprang in den Abgrund. Im ersten Augenblick glaubte ich, es sei ein Zufall, doch als ich dann hinaufschaute, sah ich gegen den dunkel werdenden Himmel das Gesicht eines Mannes, und gleich darauf traf ein weiterer Stein, höchstens einen Fuß von meinem Kopf entfernt, das Gesims, auf dem ich lag. Nun begriff ich die Situation. Moriarty war nicht allein gekommen. Ein Helfer – und die Kostprobe reichte mir, um zu erkennen, wie gefährlich der Bursche war – hatte offensichtlich Wache gestanden, während der Professor mir gefolgt war. Aus einer gewissen Entfernung, ohne daß ich ihn hatte sehen können, war er Zeuge vom Tod seines Freundes und von meiner Rettung gewesen. Er hatte abgewartet, bis Sie gingen, und war dann von hinten her auf den Felsen geklettert, um das zu vollbringen, was seinem Kumpan nicht gelungen war.

Ich brauchte nicht lange, um einen Entschluß zu fassen, Watson. Wieder sah ich das grimmige Gesicht über dem Felsrand, und ich wußte, das war der Vorbote vom nächsten Stein. Ich kletterte, so rasch das möglich war, wieder zum Pfad hinunter. Wohlüberlegt hätte ich das wahrscheinlich nicht getan. Denn es war hundertmal schwieriger als das Hochklettern. Aber mir blieb keine Zeit, lange über Gefahren nachzudenken, denn schon sauste ein weiterer Stein an mir vorbei, während ich noch mit beiden Händen an den Vorsprung geklammert hing. Auf halbem Weg nach unten geriet ich ins Rutschen, doch ich landete zum Glück nur zerschunden und blutend, aber lebendig auf dem Pfad. Ich beeilte mich, daß ich fortkam, legte in der Dunkelheit noch zehn Meilen über die Berge zurück und befand mich eine Woche später in Florenz, mit der Gewißheit, daß kein Mensch auf der Welt wußte, was aus mir geworden war. Ich hatte nur einen Menschen eingeweiht – meinen Bruder Mycroft. Ich bitte Sie tausendmal um Entschuldigung, lieber Watson, aber es war unbedingt notwendig, daß man mich für tot hielt, und Sie hätten nie so einen überzeugenden Bericht über mein unglückliches Ende geschrieben, wenn Sie nicht selbst davon überzeugt gewesen wären. Mehrmals im Lauf der letzten drei Jahre war ich kurz davor gewesen, Ihnen Nachricht zu geben, aber mich hielt immer die Furcht davon ab, Ihre tiefe Zuneigung zu mir könnte Sie unbeabsichtigt zu einer Unbesonnenheit verleiten und dadurch mein Geheimnis aufdecken. Deshalb habe ich mich auch heute abend, nachdem Sie meine Bücher aufgesammelt hatten, so rasch von Ihnen abgewandt. Denn ich befand mich zu dem Zeitpunkt in einer gefährlichen Situation, und das geringste Zeichen der Überraschung und Ergriffenheit von Ihnen hätte auf meine Identität aufmerksam machen können und dann höchst mißliche, nicht wieder zu behebende Folgen gehabt. Mycroft mußte ich mich anvertrauen, damit ich das nötige Geld von ihm bekam. Leider liefen die Dinge in London nicht so, wie ich es mir erhofft hatte. Der Prozeß gegen die Moriarty-Bande ließ zwei ihrer gefährlichsten Mitglieder, meine am ärgsten auf Rache sinnenden Feinde, ungeschoren. Ich reiste deshalb zwei Jahre lang durch Tibet, besuchte Lhasa und verbrachte ein paar Tage mit dem obersten Lama. Sie haben vielleicht von den bemerkenswerten Forschungen eines gewissen Norwegers namens Sigerson gelesen, aber Ihnen ist dabei sicher nicht in den Sinn gekommen, daß Sie damit Nachrichten von Ihrem Freund hatten. Danach zog ich durch Persien, schaute in Mekka vorbei und stattete dem Khalifen von Khartoum einen kurzen, aber sehr interessanten Besuch ab, dessen Ergebnisse ich dem Auswärtigen Amt mitgeteilt habe. Anschließend kehrte ich nach Frankreich zurück und leitete für einige Monate im Süden, in Montpellier, in einem Labor Forschungen zur Steinkohlen-Teer-Gewinnung. Nachdem ich diese zu meiner Zufriedenheit abgeschlossen hatte und erfuhr, daß nur noch einer meiner Feinde in London weilte, entschloß ich mich, nach England zurückzukehren. Und als ich dann noch von dem geheimnisvollen Verbrechen in der Park Lane hörte, beschleunigte das meine Abreise. Denn nicht nur, daß mich der Fall an sich reizte, er schien mir auch ein paar einzigartige Gelegenheiten für eine bestimmte Sache zu bieten. Ich fuhr also sofort nach London, erschien in höchst eigener Gestalt in der Baker Street, was bei Mrs. Hudson heftige hysterische Zustände auslöste, und stellte fest, daß Mycroft meine Räume und meine Papiere genau in derselben alten Ordnung gelassen hatte. Ja, und so kam es denn, mein lieber Watson, daß ich heute um zwei Uhr in meinem vertrauten Sessel in meinem vertrauten Zimmer saß und mir nur noch wünschte, meinen alten Freund Watson in dem anderen Sessel zu sehen, den er so oft geschmückt hatte.«

Das also war die merkwürdige Geschichte, der ich an jenem Aprilabend lauschte – eine Geschichte, die mir völlig unglaubwürdig erschienen wäre, hätte ich nicht die große hagere Gestalt und das scharfgeschnittene kluge Gesicht vor meinen eigenen Augen gehabt, das ich nie wiederzusehen gemeint hatte. Auf irgendeine Weise mußte er von dem schmerzlichen Verlust, der mich betroffen hatte, erfahren haben, und sein Mitgefühl zeigte sich mehr in seiner ganzen Haltung als in seinen Worten. »Arbeit ist die beste Medizin gegen Kummer, mein lieber Watson«, sagte er, »und ich habe für uns beide heute nacht ein hübsches Stück Arbeit, das allein, bringen wir es glücklich hinter uns, Rechtfertigung genug für das Dasein eines Mannes hier auf unserer Erde ist.« Vergeblich bat ich ihn, mir mehr darüber zu erzählen. »Sie werden vor morgen früh noch genug hören und sehen«, war seine Antwort. »Wir haben ganze drei Jahre Vergangenheit zu bereden. Das dürfte genug Gesprächsstoff bis halb zehn sein, wenn wir uns in unser Abenteuer vom leeren Haus stürzen.«

Es war tatsächlich wieder wie in alten Tagen, als ich um die angegebene Zeit, meinen Revolver in der Tasche, neben ihm in der Droschke saß und voller Spannung dem Abenteuer entgegensah. Holmes war abweisend, ernst und schweigsam. Als der Schein einer Straßenlaterne auf sein Gesicht fiel, sah ich, daß er die Augenbrauen grübelnd zusammengezogen und die Lippen fest aufeinandergepreßt hatte. Zwar wußte ich nicht, welches wilde Tier wir im finsteren Dschungel von Londons Verbrecherwelt stellen wollten, aber

das zynische Lächeln, das ab und zu über das hagere, düster blikkende Gesicht des Meisterjägers huschte, verhieß eine wichtige schwere Jagd und für das Opfer nichts Gutes.
Ich hatte gedacht, wir würden zur Baker Street fahren, doch Holmes ließ den Wagen an der Ecke Cavendish Square halten. Mir fiel auf, wie er beim Aussteigen sorgfältig nach allen Seiten spähte, und er vergewisserte sich auch weiterhin an jeder Straßenecke, daß ihm niemand folgte. Unser Weg war bestimmt ein sehr ausgefallener. Holmes kannte sich nämlich in den kleinen Seitenstraßen Londons einmalig gut aus, und nun durchquerte er rasch und sicher ein Labyrinth von Hinterhöfen und Stallungen, von deren Dasein ich bis dahin nicht einmal eine Ahnung gehabt hatte. Schließlich gelangten wir in eine schmale, von düsteren alten Häusern gesäumte Gasse, die uns zur Manchester Street führte und dann weiter zur Blandford Street. Hier bog er rasch in einen engen Durchgang, schlüpfte durch ein Holztor in einen verlassenen Hof und schloß dann mit einem Schlüssel die Hintertür eines Hauses auf. Wir traten zusammen ein, und er sperrte sie hinter uns wieder zu.
Die Dunkelheit im Innern war pechschwarz. Trotzdem wußte ich, daß das Haus leer sein mußte. Die Dielenbretter knarrten und quietschten unter unseren Füßen, und als ich meine Hand ausstreckte, berührte ich eine Wand, von der die Tapete in Fetzen herabhing. Holmes' kalte schlanke Finger schlossen sich um meinen Arm, und er führte mich durch einen langen Gang, bis ich undeutlich das trübe Licht einer Türscheibe erkannte. Plötzlich wandte sich Holmes nach rechts, und wir landeten in einem großen, quadratisch geschnittenen leeren Zimmer. Die Ecken lagen im Dunkel, doch die Mitte wurde schwach vom Licht der Straße draußen erhellt. Es stand keine Laterne unmittelbar vor dem Fenster, und die Schmutzschicht auf den Scheiben war so dick, daß wir einander nur undeutlich sehen konnten. Mein Freund legte seine Hand auf meine Schulter und kam mit seinen Lippen dicht an mein Ohr.
»Wissen Sie, wo wir sind?« fragte er mich im Flüsterton.

»Das muß die Baker Street sein«, antwortete ich und starrte weiter durch das trübe Fenster.
»Richtig. Wir sind im Camden House, das genau gegenüber von unserem altvertrauten Quartier steht.«
»Und was wollen wir hier?«
»Es bietet einen so ausgezeichneten Blick auf den malerischen Gebäudekomplex dort drüben. Und jetzt, mein lieber Watson, möchte ich Sie bitten, etwas näher ans Fenster zu treten. Passen Sie aber auf, daß man Sie nicht sehen kann. So, nun schauen Sie zu unseren alten Räumen hinüber – dem Ausgangspunkt von so vielen Ihrer kleinen Märchen. Ich bin gespannt, ob meine drei Jahre Abwesenheit mir ganz die Fähigkeit genommen haben, Sie zu verblüffen.«
Ich schob mich vorsichtig weiter nach vorn und sah zu dem wohlbekannten Fenster. Was sich da meinen Augen bot, ließ mich erstaunt aufschreien. Der Vorhang war zugezogen, im Zimmer brannte helles Licht, und in dem leuchtenden Rechteck des Fensters zeigte sich deutlich der Schatten eines Mannes, der in einem Sessel saß. Es gab keinen Zweifel: die Haltung des Kopfes, die breiten ekkigen Schultern, das scharfe Profil. Das Gesicht war zur Seite gewandt, und das Ganze wirkte wie einer dieser Scherenschnitte, die unsere Großeltern sich so gerne aufhängten. Es war das getreue Abbild von Sherlock Holmes! Ich war derart verwirrt, daß ich meine Hand ausstreckte, um mich zu überzeugen, ob er wirklich noch neben mir stand. Er schüttelte sich vor unterdrücktem Lachen.
»Gut, was?« meinte er.
»Meine Güte!« rief ich. »Das ist phantastisch.«
»Ich hoffe, daß die Zeit meiner Verwandlungskunst nichts anhaben konnte und daß sie auch durch die Gewohnheit nicht schal geworden ist«, sagte er, und ich hörte deutlich die Freude und den Stolz heraus, den der Künstler für sein Werk empfindet. »Er sieht mir doch tatsächlich ähnlich, nicht wahr?«
»Ich hätte schwören können, Sie wären es.«
»Die Ausführung verdanke ich Monsieur Oscar Meunier aus Gren-

oble. Er brauchte ein paar Tage fürs Modellieren. Es ist eine Wachsbüste. Den Rest habe ich selber erledigt, als ich heute nachmittag in der Baker Street war.«

»Wozu das alles?«

»Weil ich, mein lieber Watson, Grund genug habe, gewisse Leute glauben zu lassen, ich sei da, wenn ich in Wirklichkeit woanders bin.«

»Sie meinen also, die Räume werden beobachtet?«

»Ich *weiß*, daß sie beobachtet werden.«

»Von wem?«

»Von meinen alten Feinden, Watson. Von der reizenden Gesellschaft, deren Oberhaupt im Reichenbach-Fall liegt. Sie müssen bedenken, daß sie, und einzig und allein sie, wußten, daß ich noch lebe. Sie sagten sich, ich würde früher oder später in meine Wohnung zurückkommen. Also haben sie sie die ganze Zeit über nicht aus den Augen gelassen, und heute morgen sahen sie mich auch prompt zurückkehren.«

»Woher wissen Sie das?«

»Weil ich ihren Wachtposten erkannte, als ich aus dem Fenster blickte. Er ist ein ziemlich harmloser Bursche namens Parker, seine Spezialität ist Erdrosseln, und er spielt erstaunlich gut auf der Maultrommel. Ich achtete nicht weiter auf ihn, sondern kümmerte mich lieber um den viel gerisseneren Hintermann, den Busenfreund Moriartys. Das ist der Mann, der die Steine auf mich in der Felswand herabgeworfen hat, einer der schlauesten und gefährlichsten Verbrecher Londons. Und genau er ist heute nacht hinter mir her, Watson, doch er hat keine Ahnung, daß wir hinter *ihm* her sind.«

So enthüllten sich für mich nach und nach die Pläne meines Freundes. Von diesem günstigen Ort aus sollten die Beobachter beobachtet und die Verfolger verfolgt werden. Und der kantige Schatten da drüben war der Köder, und wir waren die Jäger. Schweigend standen wir zusammen im Dunkeln und blickten prüfend zu den draußen Vorübergehenden. Holmes regte sich nicht, aber mir war klar,

daß er sein wachsames Auge unentwegt auf den Strom der Passanten gerichtet hielt. Es war eine unfreundliche kalte Nacht, der Wind heulte durch die Straße. Trotzdem waren noch viele Leute unterwegs, die meisten in Mantel und Schal vermummt. Ein- oder zweimal schien es mir, als hätte ich eine Person schon zuvor gesehen, und mir fielen besonders zwei Männer auf, die ein Stück weiter die Straße hinauf in einem Hauseingang anscheinend Zuflucht vor dem Sturm suchten. Ich versuchte, meinen Freund auf sie aufmerksam zu machen; doch er gab nur einen unwilligen Laut von sich und starrte unverdrossen weiter nach draußen. Hin und wieder scharrte er mit den Füßen und trommelte mit den Fingern gegen die Wand. Für mich waren das Zeichen, daß er sich beunruhigte, wohl weil die Dinge nicht so liefen, wie er sich das vorgestellt hatte. Gegen Mitternacht dann, als die Straße sich immer mehr leerte, konnte er seine Unruhe nicht mehr zurückhalten und ging im Zimmer auf und ab. Ich wollte gerade eine Bemerkung machen, als mein Blick auf das erleuchtete Fenster drüben fiel, und wieder wurde ich fast genauso überrascht wie zuvor. Ich packte Holmes' Arm und wies hinauf. »Der Schatten hat sich bewegt!« rief ich.
Tatsächlich hatte er uns jetzt nicht mehr das Profil, sondern den Rücken gekehrt.
Die drei vergangenen Jahre waren offensichtlich nicht mildernd für sein harsches Temperament gewesen oder seine Ungeduld gegenüber einer weniger wachen Intelligenz als der seinen.
»Natürlich hat er sich bewegt«, sagte er. »Halten Sie mich für einen so großen Stümper, Watson, daß ich auf die Idee kommen könnte, etwas da drüben aufzubauen, was man gleich als Puppe erkennt, und erwarte, damit den durchtriebensten Mann Europas hereinzulegen? Wir sind jetzt zwei Stunden hier, und Mrs. Hudson hat die Stellung der Figur achtmal verändert, beziehungsweise alle Viertelstunde einmal, und zwar so, daß ihr Schatten dabei nicht gesehen werden kann. Ha!« stieß er plötzlich aus und zog dann zischend die Luft ein. In dem trüben Licht sah ich, wie sein Kopf nach vorn

schnellte und sein ganzer Körper wie auf dem Sprung war. Dabei lag die Straße verlassen da. Vielleicht lungerten die beiden Männer noch in dem Hauseingang herum, doch ich konnte sie nicht mehr sehen. Alles war ruhig und dunkel, bis auf das leuchtend helle Rechteck drüben mit dem scharfen schwarzen Schatten in der Mitte. Und wieder hörte ich in der völligen Stille diesen dünnen zischenden Laut, der mir sagte, gegen welch starke Erregung mein Freund ankämpfte. Im nächsten Augenblick zerrte er mich in die finsterste Ecke des Zimmers und legte mir warnend seine Hand auf den Mund. Ich spürte, wie seine Finger zitterten. Nie zuvor hatte ich Holmes so aufgeregt erlebt, und dabei war auf der Straße weit und breit nichts zu entdecken.

Doch plötzlich nahm auch ich wahr, was er mit seinen wacheren Sinnen schon längst bemerkt hatte. Ein schwaches, verstohlenes Geräusch drang an mein Ohr. Und es kam nicht von der Baker Street, sondern von der Rückseite eben des Hauses, in dem wir uns versteckt hielten. Eine Tür wurde geöffnet und geschlossen. Gleich darauf schlich jemand mit Schritten über den Flur, die leise sein sollten, aber trotzdem hohl durch das leere Haus hallten. Holmes drückte sich an die Wand, ich tat es ihm nach und packte den Griff meines Revolvers. Angestrengt starrte ich in die Finsternis und erkannte schließlich die undeutlichen Umrisse eines Mannes, die sich nur schwach von dem Dunkel der offenen Tür abhoben. Er blieb einen Moment im Rahmen stehen und schob sich dann geduckt und drohend in den Raum. Die schwarze Gestalt war keinen Meter von uns entfernt, und ich spannte schon alle Muskeln, um seinem Angriff zu begegnen, bis mir klar wurde, daß er ja keine Ahnung von unserer Gegenwart hatte. Er kam dicht an uns vorbei und schlich zum Fenster weiter. Sehr behutsam und fast geräuschlos schob er es etwa zwanzig Zentimeter hoch. Als er sich auf die Höhe der Öffnung herunterbeugte, fiel das Licht der Straße, nicht länger von den verschmutzten Scheiben abgeschwächt, voll auf sein Gesicht. Der Mann schien außer sich vor Erregung. Seine Augen funkelten wie zwei Sterne, und in seinen hageren, zerfurchten Zügen zuckte es heftig. Er war nicht mehr jung, sah sehr dunkel und wild aus, hatte eine schmale vorspringende Nase, eine hohe kahle Stirn und einen riesigen graumelierten Schnurrbart. Er trug einen Zylinder, den er weit in den Nacken geschoben hatte, und unter seinem geöffneten Mantel leuchtete eine feine Abend-Hemdbrust hervor. In der Hand hielt er so etwas wie einen Spazierstock, doch als er ihn auf den Boden legte, gab das ein seltsames metallisches Geräusch. Dann zog er einen ziemlich großen Gegenstand aus seiner Manteltasche, hantierte längere Zeit daran herum, bis es ein scharfes Klicken gab, als sei eine Feder oder ein Bolzen eingerastet. Immer noch auf dem Boden kniend, beugte er sich und mühte sich mit aller Kraft an einer Art Hebel ab, was mit einem Knirschen und Quietschen verbunden war und nach einer Weile in einem noch kräftigeren Klick als zuvor endete.

Er stand auf, und ich konnte jetzt sehen, daß er ein Gewehr mit einem merkwürdig geformten Kolben in der Hand hielt. Er öffnete den Kolben hinten, schob etwas hinein und ließ den Verschluß wieder zuschnappen. Dann kauerte er sich erneut vor das Fenster und steckte den Lauf durch den offenen Spalt. Sein enormer Schnurrbart hing über den Schaft, und seine Augen glühten gefährlich. Er stieß einen kleinen Laut der Befriedigung aus, klemmte den Kolben fester unter seine Achsel und legte auf die hervorragende Zielscheibe – den schwarzen Mann im gelben Feld – an, bis er sie genau im Visier hatte. Einen Moment lang verharrte er reglos. Dann drückte sein Finger den Abzug. Ein seltsames, ziemlich lautes Zischen ertönte, gefolgt von dem silberhellen Klirren zerspringenden Glases. Sofort hechtete Holmes wie ein Tiger auf den Rücken des Schützen und warf ihn mit dem Gesicht nach unten zu Boden. Doch gleich darauf hatte er sich befreit, sprang auf die Beine und packte Holmes mit ungeheuerlicher Wucht am Hals und würgte ihn. Aber da war ich zur Stelle und schlug ihm den Griff meines Revolvers über den Schädel. Er sackte zusammen, und ich stürzte mich auf ihn und hielt

ihn fest. Mein Freund gab einen langgezogenen schrillen Pfiff auf seiner Trillerpfeife von sich. Im nächsten Augenblick ertönten schwere hastige Schritte auf dem Pflaster draußen, und zwei Polizisten in Uniform und ein Beamter in Zivil stürzten über den Vordereingang ins Haus und kamen ins Zimmer gerannt.
»Sind Sie es, Lestrade?« fragte Holmes.
»Ja, Mr. Holmes. Ich habe die Sache selbst übernommen. Es ist schön, daß Sie wieder in London sind, Sir.«
»Ich denke, Ihnen kann ein bißchen inoffizielle Hilfe nichts schaden. Drei unaufgeklärte Morde in einem Jahr bringen Sie nicht voran, Lestrade. Aber Sie haben den Fall Molesey immerhin anders als sonst – ich meine, Sie haben da ziemlich anständige Arbeit geleistet.«
Wir standen inzwischen alle wieder auf den Beinen, und unser wutschnaubender Gefangener wurde auf beiden Seiten von je einem strammen Polizisten festgehalten. Draußen auf der Straße begannen sich die ersten Neugierigen zu versammeln. Holmes trat ans Fenster, schloß es und ließ eine altersschwache Jalousie herunter. Lestrade hatte zwei Kerzen hervorgezaubert, und die beiden Polizisten klappten ihre Laternen auf. Endlich konnte ich mir unseren Mann genauer ansehen.
Das uns zugewandte Gesicht war extrem männlich und hatte etwas sehr Böses. Seltsam, die Stirn war die eines Philosophen und die Mund- und Kinnpartie die eines sinnlichen Menschen. Der Mann mußte mit außerordentlichen Anlagen sowohl zum Guten wie auch zum Bösen ausgestattet sein. Doch betrachtete man seine grausamen blauen Augen unter den herabhängenden zynischen Lidern oder die gebogene aggressive Nase und die zerfurchte Stirn, war man voll gewarnt. Er nahm überhaupt keine Notiz von uns, sondern starrte nur Holmes mit einer Mischung von Haß und ungläubigem Staunen an. »Sie Satan!« stieß er immer wieder hervor. »Sie durchtriebener Satan!«
»Hallo, Colonel«, sagte Holmes und glättete seinen arg mitge-

nommenen Kragen. »Und wenn sie nicht gestorben sind, dann leben sie heute noch, wie es so schön am Schluß von alten Märchen heißt. Ich glaube, ich hatte nicht mehr das Vergnügen, Ihnen zu begegnen, seit Sie mich am Reichenbach-Fall mit Ihren netten Aufmerksamkeiten bedacht haben, als ich auf dem Felssims lag.«

Der Colonel fixierte meinen Freund weiter wie in Trance. »Sie verdammter gerissener Satan, Sie!« war alles, was er hervorbrachte.

»Ich habe Sie noch gar nicht miteinander bekannt gemacht«, sagte Holmes. »Dies, meine Herren, ist Colonel Sebastian Moran, ehemaliges Mitglied der Armee Ihrer Majestät in Indien und der beste Großwildjäger den unser Reich im Osten je hervorgebracht hat. Ich glaube, ich übertreibe nicht, wenn ich behaupte, daß Sie, Colonel, weithin ungeschlagen in der Zahl der erlegten Tiger sind?«

Der Mann kochte vor Wut, entgegnete jedoch nichts, sondern starrte weiter meinen Freund an. Mit seinen wilden Augen und dem gesträubten Schnurrbart sah er selber fast wie ein Tiger aus.

»Ich staune, daß ein so erfahrener Jäger auf meinen simplen Trick hereinfallen konnte«, sagte Holmes. »Er mußte Ihnen doch bekannt sein. Haben Sie noch nie ein Zicklein an einen Baum gebunden und mit Ihrem Gewehr oben auf einem Ast auf der Lauer gelegen und gewartet, daß der Köder Ihnen den Tiger bringt? Dieses leere Haus ist mein Baum, und Sie sind mein Tiger. Bestimmt haben Sie immer mehrere Gewehre bei sich gehabt, für den Fall, daß mehrere Tiger aufkreuzten oder – was höchst unwahrscheinlich gewesen wäre – Sie danebentreffen würden. Diese Leute hier«, er zeigte in die Runde, »sind meine Ersatzgewehre. Der Vergleich stimmt.«

Colonel Moran warf sich mit einem wütenden Fauchen nach vorn, aber die beiden Polizisten rissen ihn sofort wieder zurück. Sein vor Raserei verzerrtes Gesicht war schrecklich anzusehen.

»Allerdings muß ich zugeben, daß Sie mir eine kleine Überraschung bereitet haben«, sagte Holmes. »Ich hatte nicht damit gerechnet, daß auch Sie von diesem leeren Haus und dem praktischen Vorderfenster Gebrauch machen würden. Ich hatte angenommen, Sie würden von der Straße aus vorgehen, wo mein Freund Lestrade mit seinen wackeren Männern auf Sie wartete. Bis auf diese Ausnahme ist jedoch alles gelaufen, wie ich es vermutet hatte.«

Colonel Moran wandte sich an den Beamten in Zivil.

»Sie mögen Grund haben oder nicht, mich festzunehmen«, sagte er, »doch es gibt keinen, warum ich dem Spott dieses Menschen ausgesetzt sein soll. Wenn ich mich schon in den Händen des Gesetzes befinde, dann soll auch alles seinen rechtmäßigen Weg gehen.«

»Gut, das ist zu akzeptieren«, entgegnete Lestrade. »Möchten Sie noch etwas sagen, Mr. Holmes, bevor wir gehen?«

Holmes nahm das mächtige Gewehr vom Boden auf und untersuchte seinen Mechanismus.

»Eine bewundernswerte, einzigartige Waffe«, bemerkte er. »Geräuschlos und von ungeheurer Durchschlagskraft. Ich kenne sie von Herder, dem blinden deutschen Konstrukteur, der sie nach den Entwürfen des verstorbenen Professor Moriarty angefertigt hat. Seit Jahren weiß ich von ihrer Existenz, doch ich hatte bisher noch nie die Gelegenheit, sie in die Hand zu bekommen. Ich empfehle sie Ihrer besonderen Aufmerksamkeit, Lestrade, und auch die dazugehörigen Kugeln.«

»Wir werden gut darauf aufpassen, Sie können sich auf uns verlassen, Mr. Holmes«, sagte Lestrade, als wir alle zur Tür gingen. »Bleibt noch etwas?«

»Nur noch eine Frage: Welchen Anklagegrund schlagen Sie vor?«

»Welchen Anklagegrund, Sir? Natürlich Mordversuch an Sherlock Holmes.«

»Nicht so, Lestrade. Mir ist es lieber, wenn ich in dem Zusammenhang überhaupt nicht genannt werde. Ihnen, und nur Ihnen allein, gehört der Verdienst dieser bemerkenswerten Verhaftung, die Ihnen eben gelungen ist. Ja, Lestrade, ich gratuliere Ihnen! Mit der Ihnen eigenen Mischung aus Schlauheit und Kühnheit haben Sie ihn geschnappt.«

»Geschnappt? Wen, Mr. Holmes?«

»Den Mann, den die ganze Polizei vergeblich gesucht hat – Colonel Sebastian Moran, der den ehrenwerten Ronald Adair mit einem Spezialgeschoß aus einem Luftgewehr tötete, und zwar am dreißigsten des letzten Monats, durch das geöffnete Fenster im zweiten Stock des Hauses Park Lane Nr. 427. Das ist die Anklage, Lestrade. Und nun, mein lieber Watson, schlage ich vor, wenn Ihnen die Zugluft durch das zerbrochene Fenster nichts ausmacht, daß wir uns in meinem Arbeitszimmer bei einer guten Zigarre noch ein halbes Stündchen unterhalten. Das wird Ihnen ein paar recht wichtige Einsichten verschaffen.«

Unsere alten Räume waren unter der Aufsicht von Mycroft Holmes und der treuen Fürsorge von Mrs. Hudson unverändert geblieben. Zwar nahm ich, als ich eintrat, eine ungewohnte Reinlichkeit wahr, aber die alten Orientierungspunkte befanden sich an ihrem Platz – die Laborecke und der mit Säureflecken übersäte rohe Holztisch, dann das Regal mit der Reihe der Sammlungen von bemerkenswerten Zeitungsausschnitten und den Berichtsbüchern, die viele unserer Mitbürger nur zu gern verbrannt hätten. Die Schautafeln, der Geigenkasten, der Pfeifenständer – ja, sogar der persische Pantoffel, der als Tabaksbehälter diente – alles fand ich wieder, als ich in die Runde blickte. Und zwei Personen erwarteten uns im Zimmer – die eine war Mrs. Hudson, und sie empfing uns freudestrahlend, die andere war die seltsame Puppe, die heute nacht eine so wichtige Rolle gespielt hatte. Es war eine kolorierte Wachsbüste, so vortrefflich gefertigt, daß sie meinem Freund aufs Haar glich. Sie stand auf einem einbeinigen Tischchen und trug, fein ringsherum drapiert, den alten Hausmantel von Holmes, so daß die Täuschung von der Straße her absolut perfekt war.
»Sie haben, wie ich sehen konnte, alle Vorsichtsmaßnahmen befolgt, Mrs. Hudson?« fragte Holmes.
»Ich bin immer auf Knien zu ihm hingerutscht, Sir, genau wie Sie mir aufgetragen hatten.«

»Ausgezeichnet. Sie haben gute Arbeit geleistet. Konnten Sie auch sehen, wo die Kugel einschlug?«

»Ja. Ich fürchte, sie hat Ihre schöne Büste ein bißchen ramponiert, denn sie ist direkt durch den Kopf geschlagen und dann von der Wand abgeprallt. Ich habe sie vom Teppich aufgehoben. Hier ist sie!«

Holmes reichte sie mir. »Ein weiches Revolvergeschoß, wie Sie feststellen können, Watson. Das ist genial. Denn wer würde schon auf den Gedanken kommen, daß sie aus einem Luftgewehr abgefeuert worden ist? Danke, Mrs. Hudson, für Ihre große Hilfe. So, Watson, und nun würde ich Sie gern wieder in Ihrem alten Sessel sehen, denn ich möchte noch ein paar Sachen mit Ihnen bereden.«

Er hatte seinen schäbigen Buchhändler-Kittel ausgezogen und war jetzt in seinem mausgrauen Hausmantel, den er sich von seinem Ebenbild zurückgeholt hatte, der Holmes von ehedem.

»Die Nerven des alten Tiger-Jägers haben noch nichts von ihrer Stärke und die Augen noch nichts von ihrer Scharfsichtigkeit eingebüßt«, sagte er mit einem Lachen, als er die zerschmetterte Stirn seiner Wachsbüste betrachtete. »Einschuß mitten in den Hinterkopf und Ausschuß vorn aus der Stirn! Er war der beste Schütze Indiens, und auch in London wird es kaum jemand mit ihm aufnehmen können, vermute ich. Haben Sie den Namen schon mal gehört?«

»Nein, er sagt mir nichts.«

»Tja, so ist das mit dem Ruhm. Aber wenn ich mich recht erinnere, haben Sie auch noch nie etwas von Professor Moriarty gehört, obwohl er doch einer der klügsten Köpfe des Jahrhunderts gewesen ist. Reichen Sie mir doch mein Verzeichnis der Kurzbiographien vom Regal.«

In seinen Sessel zurückgelehnt, dicke Rauchwolken vor sich hinpaffend, blätterte er gemächlich durch den Band.

»Meine Sammlung unter ›M‹ ist ganz beachtlich«, sagte er. »Moriarty allein reicht schon, um den Buchstaben berühmt zu machen, und hier ist Morgan, der Giftmörder, und Merridew, voll scheußlichen Angedenkens, und Matthews, der mir meinen linken Eckzahn im Warteraum von Charing Cross ausgeschlagen hat, und schließlich hab' ich hier unseren Freund von heute nacht.«

Er reichte mir das Buch und ich las:

»*Moran, Sebastian, Colonel.* Stellungslos. Ehemals beim ersten Pionierregiment in Bangalore. Geboren 1840 in London. Sohn von Sir Augustus Moran, Companion of the Bath, einst britischer Gesandter in Persien. Besuchte Eton und Oxford. Diente im Jowaki-Feldzug, im Afghanischen Feldzug, kämpfte in Charasiab, Sherpur und Kabul. Autor von ›Großwild im Westlichen Himalaja‹ (1881) und ›Drei Monate im Dschungel‹ (1884). Adresse: Conduit Street. Klubs: Englisch-Indischer-Klub, Tankerville, Bagatelle-Karten-Klub.«

Am Rand stand mit Holmes' säuberlicher Handschrift vermerkt:

»Der zweitgefährlichste Mann Londons.«

»Erstaunlich«, sagte ich, als ich ihm den Band zurückgab. »Der Mann hat eine achtbare Laufbahn als Soldat.«

»Das stimmt«, entgegnete Holmes. »Bis zu einem gewissen Zeitpunkt lief alles gut mit ihm. Er hatte schon immer eiserne Nerven gehabt, und in Indien erzählt man noch heute die Geschichte, wie er in eine Grube zu einem angeschossenen menschenfressenden Tiger hinabgekrochen ist. Es gibt Bäume, Watson, die wachsen bis zu einer bestimmten Höhe und entwickeln dann urplötzlich häßliche Besonderheiten. Dasselbe kann man auch beim Menschen beobachten. Ich habe mir da die Theorie zurechtgelegt, daß der einzelne in seiner Entwicklung die ganze Kette seiner Vorfahren verkörpert und daß so ein plötzlicher Umschwung zum Guten oder zum Bösen von einem starken Einfluß einer seiner Ahnen herrührt. Eine Person gibt praktisch einen Abriß ihrer gesamten Familiengeschichte wieder.«

»Das klingt doch ziemlich phantastisch.«

»Ich versteife mich auch nicht darauf. Was auch immer der Grund dafür gewesen sein mag, Colonel Moran geriet auf die schiefe Bahn.

Obwohl es nie zu einem öffentlichen Skandal gekommen ist, muß er es geschafft haben, daß der Boden in Indien zu heiß für ihn wurde. Er wurde vom Militär entlassen und kehrte nach London zurück. Und auch hier hatte er bald einen schlechten Ruf. Damals nahm sich Professor Moriarty seiner an und machte ihn für eine gewisse Zeit zu seinem Stabschef. Moriarty versorgte ihn großzügig mit Geld und setzte ihn nur ein oder zweimal bei sehr großen Sachen ein, die kein gewöhnlicher Krimineller hätte durchführen können. Vielleicht erinnern Sie sich noch an den Tod von Mrs. Stewart von Lauder im Jahre 1887? Nein? Ich bin sicher, Moran steckte dahinter, aber es ließ sich ihm nichts nachweisen. Der Colonel hielt sich so geschickt im Hintergrund, daß wir ihn nicht einmal für etwas belangen konnten, als die Moriarty-Bande aufflog. Sie wissen aber vielleicht noch, wie ich einmal bei Ihnen vorbeischaute und aus Angst vor Luftgewehren die Fensterläden schloß? Sie hielten mich damals sicher für übergeschnappt. Doch ich wußte genau, was ich tat, denn ich hatte von der Existenz dieses bemerkenswerten Luftgewehrs erfahren, und mir war klar, daß nur einer der besten Schützen der Welt es bedienen würde. Als wir in der Schweiz waren, folgte er uns mit Moriarty, und kein anderer als er hat mir diese schrecklichen fünf Minuten auf dem Felsvorsprung über dem Reichenbach-Fall bereitet.

Sie können sich vorstellen, daß ich während meines Aufenthaltes in Frankreich die Zeitungen recht gründlich studiert habe. Ich wartete auf eine Gelegenheit, Moran endlich zu erwischen. Solange er sich in London auf freiem Fuß befand, konnte ich mich dort keinen Augenblick meines Lebens erfreuen. Tag und Nacht hätte er mich verfolgt, und früher oder später hätte seine Chance kommen müssen. Was sollte ich tun? Ich konnte ihn doch schlecht einfach so erschießen, ohne nicht selbst auf der Anklagebank zu landen. Mich an die Polizei zu wenden, hätte auch zu nichts geführt. Wie sollten sie auf etwas hin eingreifen, das ihnen als Hirngespinst erschien. Ich war also machtlos. Aber ich verfolgte die neuesten Verbrechensmeldungen, weil ich überzeugt war, ich würde ihn bald schnappen. Dann kam der geheimnisvolle Tod des Ronald Adair. Das war endlich meine große Chance. Denn lag nicht, von dem, was ich wußte, nahe, daß ein gewisser Colonel Moran der Mörder war? Er hatte mit dem jungen Mann Karten gespielt, war ihm dann vom Klub aus nach Hause gefolgt und hatte ihn durch das offenstehende Fenster erschossen. Es gab keinen Zweifel. Die Kugeln allein reichten schon, ihm das Handwerk zu legen. Ich reiste sofort her. Sein Wachtposten sah mich und informierte natürlich gleich den Colonel über meine Anwesenheit in London. Er mußte meine plötzliche Rückkehr mit seiner Tat in Zusammenhang bringen und aufs höchste beunruhigt sein. Mir war klar, er würde sofort versuchen, mich aus dem Weg zu räumen, und nicht zögern, dazu die mörderische Waffe einzusetzen. Ich ließ ihm deshalb die ausgezeichnete Zielscheibe in meinem Fenster und verständigte die Polizei, daß sie womöglich gebraucht würde. Watson, Sie haben übrigens mit Ihrer unfehlbaren Gründlichkeit ihre Anwesenheit in jenem Hauseingang ausgemacht. Dann wählte ich den Ort, der mir als Beobachtungsposten geeignet erschien, ohne mir im geringsten träumen zu lassen, daß Moran ebenfalls diesen Ort für seine Attacke aussuchen würde. So, mein Lieber, ist noch etwas unklar?«

»Ja«, entgegnete ich, »Sie haben mir noch nicht verraten, was das Motiv des Colonels für den Mord an Ronald Adair war.«

»Ach ja, Watson, damit kommen wir in das Reich der Vermutungen, wo auch der logischste Verstand am Ende seiner Künste steht. Jeder mag sich da seine eigene Theorie über diesen Fall zurechtlegen, und Ihre ist bestimmt genauso richtig wie meine.«

»Sind Sie denn schon zu einem Schluß gelangt?«

»Mir erscheint es nicht so schwer, die Tatsachen zu interpretieren. Es stellte sich doch bei der Untersuchung heraus, daß Colonel Moran und der junge Adair gemeinsam beim Spiel eine beachtliche Summe Geld gewonnen hatten. Moran hatte zweifellos falsch gespielt, was mir übrigens schon länger bekannt war. Ich vermute,

Adair hat am Tag seiner Ermordung entdeckt, daß Moran betrog. Höchstwahrscheinlich hat er unter vier Augen mit ihm darüber gesprochen und ihm angedroht, ihn bloßzustellen, wenn er nicht freiwillig aus dem Klub austreten und versprechen würde, nie wieder Karten zu spielen. Der Ausschluß aus dem Klub hätte für den Colonel, der vom Falschspiel lebte, jedoch den Ruin bedeutet. Er brachte deshalb Adair um, als dieser gerade daran saß, auszurechnen, wieviel Geld er selber zurückzahlen mußte, wollte er nicht vom Betrug seines Partners profitieren. Er schloß die Tür ab, damit ihn die Damen nicht dabei überraschen und ausfragen konnten, was all die Namen und Zahlen zu bedeuten hätten. Das paßt doch ganz gut?«

»Ich bin sicher, Sie haben es mal wieder getroffen.«

»Vor Gericht wird das bestätigt oder widerlegt werden. In der Zwischenzeit kann uns, ganz gleich, wie's ausgeht, Colonel Moran jedenfalls nicht mehr das Leben schwermachen. Das berühmte von Herdersche Luftgewehr wird das Museum von Scotland Yard schmücken, und Sherlock Holmes hat wieder Muße genug, sich all den kleinen interessanten Problemen zu widmen, von denen der Alltag in London eine Fülle bietet.«

Ein sonderbares Stellenangebot

Kurz nach meiner Heirat kaufte ich eine Praxis im Stadtteil Paddington. Der betagte Doktor Farquhar, von dem sie stammte, war einst ein beliebter Arzt gewesen. Doch sein Alter und ein Nervenleiden hatten ihn sehr ausgezehrt. Und da die Leute von dem Grundsatz ausgingen, daß jemand, der andere heilen will, selber gesund sein muß, betrachteten sie mißtrauisch die ärztlichen Fähigkeiten eines Mannes, der nicht imstande war, sich selbst zu kurieren. So hatten mit schwindender Gesundheit die Einnahmen seiner Praxis nachgelassen, und als ich sie übernahm, waren es statt zwölfhundert Pfund im Jahr nur noch an die dreihundert gewesen. Ich baute jedoch auf meine Jugend und meine Energie und war überzeugt, daß das Geschäft in Kürze wieder wie einst blühen würde. Die ersten drei Monate nach Einzug in die Praxis war ich tüchtig in Anspruch genommen und sah deshalb nur wenig von meinem Freund Sherlock Holmes. Mir blieb nicht genügend Zeit, um ihn in der Baker Street aufzusuchen, und er selbst begab sich nur selten irgendwo hin, es sei denn aus beruflichen Gründen. Ich war deshalb äußerst überrascht, als eines Junimorgens – es war nach dem Frühstück, und ich saß und las noch eine medizinische Zeitschrift – die Türglocke klingelte und gleich darauf die laute, etwas scharfe Stimme meines alten Freundes ertönte.

»Ah, mein lieber Watson«, sagte er und trat ein. »Ich bin hocherfreut, Sie zu sehen. Ich vermute, Mrs. Watson hat sich inzwischen völlig von all den Aufregungen erholt, die es im Zusammenhang mit unserem Abenteuer *Das Zeichen der Vier** gegeben hat?«

---

* Siehe *Sherlock Holmes / Das Zeichen der Vier,* Franckh Verlag, Stuttgart.

»Danke, es geht uns beiden bestens«, entgegnete ich und schüttelte ihm herzlich die Hand.

»Und ich hoffe auch«, fuhr er fort und nahm im Schaukelstuhl Platz, »daß die ärztlichen Verpflichtungen in der neuen Praxis hier Ihr sonst so eifriges Interesse an unseren kleinen, scharfsinnigen Schlußfolgerungen nicht völlig verschüttet haben.«

»Im Gegenteil«, antwortete ich. »Erst letzte Nacht habe ich meine alten Aufzeichnungen durchgeschaut und einige unserer Ergebnisse von damals systematisch geordnet.«

»Es wäre schön, wenn Sie Ihre Sammlung noch nicht als abgeschlossen betrachten.«

»Nicht im geringsten. Ich wünsche mir nichts mehr als weitere solcher Erfahrungen.«

»Gleich heute, zum Beispiel?«

»Ja, auch heute schon, wenn Sie wollen.«

»Und wenn es bis nach Birmingham geht?«

»Wenn Sie es für nötig halten, gehe ich mit Ihnen auch nach Birmingham.«

»Und was geschieht in der Zwischenzeit mit Ihrer Praxis?«

»Ich übernehme oft die meines Nachbarn, wenn er wegfährt, und er ist immer bereit, sich bei mir dafür zu revanchieren.«

»Na, dann ist ja alles in bester Ordnung«, meinte Holmes, lehnte sich in seinem Stuhl zurück und musterte mich scharf zwischen halbgeschlossenen Augenlidern. »Ich merke, Sie haben sich kürzlich nicht wohl gefühlt. Diese Sommergrippen nehmen einen immer ziemlich mit.«

»Ja, ich war letzte Woche wegen einer üblen Erkältung tatsächlich dazu verdammt, für drei Tage das Haus zu hüten. Doch ich dachte, ich hätte sie spurlos überwunden.«

»Das haben Sie auch. Sie sehen blendend aus.«

»Wie wissen Sie dann davon?«

»Lieber Freund, Sie müßten doch allmählich meine Methoden kennen.«

»Sie haben kombiniert?«
»Natürlich.«
»Und was brachte Sie darauf?«
»Ihre Schuhe.«
Ich blickte auf die neuen Lackschuhe. »Wie in aller Welt...« begann ich, aber Holmes beantwortete schon meine Frage, ehe sie gestellt war.
»Ihre Schuhe sind neu«, sagte er, »Sie können sie erst seit wenigen Wochen haben. Die Sohlen, die Sie mir gerade so freundlich präsentieren, sind leicht angesengt. Zuerst dachte ich, sie wären vielleicht naß geworden und beim Trocknen etwas verbrannt. Aber zwischen Sohle und Absatz klebt eine runde Papiermarke mit dem Zeichen des Herstellers. Feuchtigkeit hätte sie jedoch mit Sicherheit abgelöst. Sie müssen also am Kamin gesessen und Ihre Füße dem Feuer entgegengestreckt haben, was kaum jemand mitten im Juni tut, auch nicht in einem so regnerischen, wenn er sich bester Gesundheit erfreut.«
Wie alle Schlüsse von Holmes schien auch dieser sehr einfach und naheliegend, sobald er ihn dargelegt hatte. Mein Freund las mir diesen Gedanken vom Gesicht ab, und in seinem Lächeln lag ein Anflug von Bitterkeit.
»Ich fürchte, ich gebe zuviel preis, wenn ich erkläre«, sagte er. »Ergebnisse ohne die Beschreibung, wie es dazu kommt, sind viel eindrucksvoller. Sind Sie bereit, mich nach Birmingham zu begleiten?«
»Gewiß. Worum geht es diesmal?«
»Sie werden alles im Zug erfahren. Mein Klient wartet draußen in der Droschke. Können Sie sofort aufbrechen?«
»Einen Moment.« Ich kritzelte eine Nachricht für meinen Nachbarn, eilte nach oben, um meiner Frau Bescheid zu geben, und traf Holmes bereits vor der Tür.
»Ihr Nachbar ist also auch Arzt«, sagte er und wies mit einer Kopfbewegung auf das Messingschild.
»Ja, er hat seine Praxis zur selben Zeit gekauft, wie ich meine.«

»Eine alteingeführte?«
»Genauso eine, wie ich habe. Beide bestehen, seit die Häuser erbaut sind.«
»Ah, dann haben Sie aber die bessere erwischt.«
»Ja, das habe ich, glaube ich wirklich. Aber woher wissen Sie das?«
»Ich sehe das an den Stufen, mein Guter, Ihre sind erheblich mehr abgetreten als seine. – Dieser Herr im Wagen ist mein Klient, Mr. Hall Pycroft. Darf ich vorstellen? Und nun treiben Sie Ihre Pferde an, Kutscher, denn uns bleibt nicht viel Zeit, den Zug zu erreichen.«
Der Mann, dem ich in der Droschke gegenüber Platz nahm, war ein wohlgestalter junger Mann mit frischer Gesichtsfarbe, offenen, ehrlichen Zügen und einem schmalen blonden kraushaarigen Schnurrbart. Er trug einen glänzenden Zylinder und einen adretten Anzug in nüchternem Schwarz. Seine ganze Erscheinung gab ihn als das aus, was er auch war: Ein schmucker junger Londoner des Schlages, der mit dem Etikett ›Cockney‹ versehen wird, aber unsere besten Soldaten in den Freiwilligenregimentern stellt und die erfolgreicheren Athleten und Sportsmänner hervorbringt als jede andere Klasse auf unseren Inseln. Sein rundliches rotbackiges Gesicht besaß eine natürliche Fröhlichkeit, doch die Mundwinkel waren herabgezogen und schienen mir Verzweiflung auszudrücken, was insgesamt etwas clownhaft-komisch wirkte. Erst als wir im Abteil erster Klasse saßen und nach Birmingham losfuhren, durfte ich erfahren, welche Sorgen ihn zu Sherlock Holmes getrieben hatten.
»Wir haben jetzt ganze siebzig Minuten vor uns«, bemerkte Holmes. »Ich bitte Sie, Mr. Pycroft, meinem Freund hier Ihre interessanten Erlebnisse in derselben Weise darzulegen, wie Sie sie mir berichtet haben, oder, wenn möglich, noch ausführlicher. Für mich wird es von Nutzen sein, noch einmal die Abfolge der Ereignisse zu hören. Es ist ein Fall, in dem eine Menge stecken kann – oder auch nicht. Zumindest zeigt er jene ungewöhnlichen, ausgefallenen Merkmale, die Sie ebenso schätzen wie ich. Doch jetzt will ich Sie nicht länger von Ihrer Erzählung abhalten, Mr. Pycroft.«

Unser junger Begleiter sah mich mit einem Augenzwinkern an.
»Das Schlimmste an der Geschichte ist«, begann er, »daß ich dabei als so ein verdammter Narr dastehe. Es mag sich ja noch alles als einwandfrei entpuppen, und ich weiß auch nicht, was ich anders hätte tun sollen. Wenn aber herauskommt, daß ich meine sichere Stelle für nichts und gar nichts aufgegeben habe, werde ich ganz schön dumm dastehen. Ich bin nicht sehr gut im Geschichtenerzählen, Mr. Watson, doch hören Sie, wie's mir ergangen ist:
Ich hatte eine gute Anstellung bei Coxon & Woodhouse in Drapers' Gardens, aber sie sind bei dem Geschäft mit den venezolanischen Anleihen arg hereingelegt worden. Sie erinnern sich bestimmt noch, es war Anfang Frühling und führte zur großen Pleite. Fünf Jahre bin ich in der Firma gewesen, und der alte Coxon gab mir ein phantastisch gutes Zeugnis, als der Zusammenbruch kam, aber natürlich standen wir Angestellten, siebenundzwanzig an der Zahl, alle auf der Straße. Ich versuchte es hier und dort, aber eine Menge anderer junger Burschen steckte in derselben mißlichen Lage wie ich, und so war lange Zeit nur Ebbe. Bei Coxon hatte ich drei Pfund die Woche gekriegt und im Laufe der Jahre siebzig auf die hohe Kante gelegt, aber die reichten nicht weit. So war ich bald ziemlich abgebrannt und wußte kaum noch, woher ich das Geld für die Briefmarken nehmen sollte oder die Kuverts, wenn ich mich auf Anzeigen bewarb. Meine Stiefel hatte ich auch schon ganz abgelaufen von dem vielen Bürotreppensteigen. Trotzdem schien ein Job in weiter Ferne.
Endlich sah ich, daß Mawson & Williams, die große Börsenmaklerfirma in der Lombardstreet, einen Posten ausgeschrieben hatte. Ich vermute, der Osten ist nicht Ihr Gebiet, aber ich kann Ihnen versichern, sie gehört zu den reichsten Häusern in London. Bewerbungen mußten schriftlich erfolgen. Also schrieb ich und reichte auch meine Zeugnisse ein. Ich machte mir jedoch nicht die geringsten Hoffnungen, die Stelle zu bekommen. Doch es kam umgehend Bescheid. Ich sollte am darauffolgenden Montag erscheinen und

könnte sofort bei ihnen anfangen, vorausgesetzt, meine Person wäre zufriedenstellend. Weiß der Himmel, wie diese Dinge laufen. Manche Leute sagen, der Chef greife blindlings in den Haufen der Bewerbungen und nähme den, dessen Unterlagen ihm gerade in die Finger kommen. Jedenfalls war ich diesmal der Glückspilz, und ich hab' innerlich vor Freude einen Luftsprung gemacht. Ein Pfund Lohn mehr die Woche und ungefähr dieselben Aufgaben wie bei Coxon.

Und jetzt beginnt der sonderbare Teil der Angelegenheit. Ich habe mein Zimmer Richtung Hampstead raus, genauer in der Potter's Terrace 17. Da saß ich am Abend, nachdem man mir die Stelle versprochen hatte, und rauchte vergnügt vor mich hin, als meine Wirtin mit 'ner Karte hereinschneite. ›Arthur Pinner, Finanzmakler‹ stand darauf fein säuberlich gedruckt. Ich hatte den Namen noch nie vorher gehört und konnte mir nicht erklären, was man von mir wollte. Aber ich sagte ihr natürlich, sie solle ihn heraufbitten. Kurz darauf erschien ein mittelgroßer dunkelhaariger, dunkeläugiger Mann mit gebogener Nase und schwarzem Bart auf der Türschwelle. Er hatte etwas Energisches und redete sehr bestimmt los, wie jemand, der keine Zeit zu verlieren hat.

›Mr. Hall Pycroft, wenn ich nicht irre‹, sagte er.

›Jawohl, der bin ich‹, entgegnete ich und schob ihm einen Stuhl hin.

›Bis vor kurzem bei Coxon & Woodhouse beschäftigt?‹

›Stimmt.‹

›Und jetzt bei Mawson angestellt.‹

›Ganz recht.‹

›Nun‹, fuhr er fort, ›was mich zu Ihnen führt, ist, daß ich Außerordentliches über Ihre Fähigkeiten gehört habe. Sie erinnern sich doch an Parker, der Geschäftsführer bei Coxon war. Er ist des Lobes voll von Ihnen.‹

Natürlich hörte ich das gern. Ich bin zwar immer recht tüchtig im Büro gewesen, aber ich hätte mir nicht träumen lassen, daß ich in der Richtung noch mal so was wie Stadtgespräch sein könnte.

›Sie verfügen über ein ausgezeichnetes Gedächtnis, nicht wahr?‹
›Einigermaßen‹, antwortete ich bescheiden.
›Haben Sie den Geldmarkt im Auge behalten, seit Sie außer Stellung waren?‹ erkundigte er sich.
›Ja, ich lese jeden Morgen die Börsenberichte.‹
›Das zeugt von wahrer Begeisterung für dieses Gewerbe!‹ rief er. ›Damit werden Sie es noch weit bringen. Sie haben doch nichts dagegen, wenn ich Sie ein bißchen auf die Probe stelle? Lassen Sie mich sehen. Wie stehen die Ayrshires?‹
›Hundertsechs-ein-Viertel zu hundertfünf-sieben-Achtel.‹
›Und New Zealand Consolidated?‹
›Hundertundvier.‹
›Und British Broken Hills?‹
›Sieben zu sieben-und-sechs.‹
›Phantastisch!‹ jubelte er und schlug in die Hände. ›Das stimmt genau mit dem überein, was ich über Sie gehört habe. Junger Mann, Sie sind viel zu gut, um als kleiner Angestellter bei Mawsons zu versauern.‹
Dieser Begeisterungsausbruch erstaunte mich nicht schlecht, wie Sie sich vorstellen können. ›Nun‹, entgegnete ich, ›andere Leute scheinen nicht so viel von mir zu halten, wie Sie das offenbar tun, Mr. Pinner. Ich hab' mich schwer anstrengen müssen, um überhaupt diesen Posten zu ergattern, und ich bin heilfroh, daß ich ihn habe.‹
›Pah, Mann, Sie sollten höher hinaufstreben! Sie sind dort nicht in Ihrem eigentlichen Element. Jetzt will ich Ihnen erzählen, wie die Dinge bei mir stehen. Was ich Ihnen bieten kann, ist gering im Verhältnis zu Ihren Fähigkeiten, aber verglichen mit Mawson ist es doch ein Unterschied wie Tag und Nacht. Schauen wir mal. Wann fangen Sie bei Mawson an?‹
›Am Montag.‹
›Ha, ha, ich möchte eine kleine Wette wagen, daß Sie dort gar nicht erst hingehen.‹

›Was? Ich soll nicht bei Mawson anfangen?‹
›Nein. Bis dahin sind Sie nämlich Geschäftsführer der Franco-Midland-Haushaltswaren-Company, Limited, mit einhundertvierunddreißig Niederlassungen in Städten und Ortschaften Frankreichs, die in Brüssel und in San Remo nicht mitgerechnet.‹
Das verschlug mir den Atem. ›Ich habe noch nichts von der Firma gehört‹, sagte ich.
›Kein Wunder. Die Sache ist auch ziemlich geheimgehalten worden. Das gesamte Kapital dafür stammt von Privathand, und das Ganze ist einfach zu gut, um an die große Glocke gehängt zu werden. Mein Bruder, Harry Pinner, ist der Gründer, und er wird nach Zeichnung der Aktien als Direktor in den Vorstand eintreten. Er weiß, daß ich über alles hier in der Gegend im Bilde bin, und hat mich deshalb gebeten, einen guten Mann billig einzukaufen. Einen jungen, strebsamen Mann mit einer Menge Schwung. Parker empfahl mir Sie, und das hat mich heute abend hier zu Ihnen geführt. Wir können Ihnen zu Beginn leider nur erbärmliche fünfhundert Pfund bieten.‹
›Fünfhundert im Jahr!‹ rief ich.
›Das ist nur für den Anfang. Doch darüber hinaus erhalten Sie noch ein Prozent von jedem durch Ihre Vertreter getätigten Geschäftsabschluß. Und ich gebe Ihnen mein Wort, das wird Ihr Gehalt weit übersteigen.‹
›Ich habe aber keine Ahnung von Haushaltswaren.‹
›Vergessen Sie's, junger Mann, dafür verstehen Sie was von Zahlen. Und darauf kommt es uns an.‹
Mir schwirrte der Kopf, und ich hielt es kaum noch auf meinem Stuhl aus. Doch dann durchfuhr mich ein Zweifel.
›Ich will offen mit Ihnen sein‹, sagte ich. ›Mawson bietet mir nur zweihundert, dafür ist es aber eine sichere Stelle. Sehen Sie, ich weiß so wenig von Ihrer Firma, so daß ich...‹
›Ah, wie gescheit!‹ rief er, außer sich vor Begeisterung. ›Ich wußte es ja, Sie sind der richtige Mann für uns. Man kann Sie nicht so leicht

beschwatzen, und das ist gut so. Hier sind hundert Pfund, und wenn Sie meinen, wir sollten doch miteinander ins Geschäft kommen, dann stecken Sie das Geld als Vorschuß auf Ihr Gehalt ein.‹

›Das ist sehr großzügig‹, sagte ich. ›Wann hätte ich denn mein neues Amt anzutreten?‹

›Seien Sie morgen um ein Uhr in Birmingham‹, entgegnete er. ›Ich habe hier eine Nachricht für meinen Bruder in der Tasche. Geben Sie ihm die bitte. Sie finden ihn übrigens in der Corporation Street 126B, wo die Firma vorläufig ihre Büroräume angemietet hat. Natürlich muß er noch in Ihre Anstellung einwilligen, aber unter uns, das läuft glatt.‹

›Wirklich, ich weiß gar nicht, wie ich Ihnen danken soll, Mr. Pinner‹, sagte ich.

›Keine Ursache, junger Mann. Sie erhalten endlich nur das, was Sie verdienen. Da sind übrigens noch ein, zwei Kleinigkeiten – bloße Formalitäten –, die ich mit Ihnen zu erledigen habe. Neben Ihnen liegt ein Blatt Papier. Seien Sie doch bitte so freundlich und schreiben Sie darauf: Ich erkläre mich hiermit bereit, gegen ein Jahresgehalt von mindestens 500 Pfund als Geschäftsführer in die Franco-Midland-Haushaltswaren-Company einzutreten.‹

Ich tat, wie er verlangt hatte, und er steckte die Bestätigung ein.

›Da ist noch was‹, sagte er. ›Was beabsichtigen Sie mit Mawson zu tun?‹

›In meiner Freude habe ich Mawson ganz vergessen‹, entgegnete ich. ›Ich werde selbstverständlich schreiben und absagen.‹

›Genau das sollen Sie aber gerade nicht tun. Ich hatte nämlich Ihretwegen eine Auseinandersetzung mit dem Geschäftsführer von Mawson. Ich war hingegangen, um mich über Sie zu erkundigen, und er ist sehr unverschämt geworden, beschuldigte mich, ich versuchte Sie von der Firma abzuwerben und all so was. Schließlich riß mir der Geduldsfaden. ›Wenn Sie tüchtige Leute wollen, dann müssen Sie sie eben auch anständig bezahlen‹, warf ich ihm an den Kopf.‹

›Der junge Mann wird unseren geringen Lohn Ihrem Angebot vorziehen‹, meinte er hochnäsig.
Darauf habe ich erwidert: ›Und ich wette um einen Fünfer, daß Sie nichts mehr von ihm hören werden, wenn er erst meinen Vorschlag hört.‹
›Abgemacht‹, sagte er. ›Wir haben ihn aus der Gosse aufgelesen, und er ist uns dafür dankbar und wird uns nicht so ohne weiteres verlassen.‹ Genau das waren seine Worte.‹
›Dieser niederträchtige Schuft!‹ rief ich empört. ›Ich habe ihn ja nicht einmal zu Gesicht bekommen. Warum sollte ich auf ihn Rücksicht nehmen? Unter diesen Umständen werde ich natürlich nicht abschreiben, wenn Ihnen das lieber ist.‹
›Gut, ich nehme das als Versprechen!‹ entgegnete er und stand auf. ›Ich bin erfreut, einen so guten Mann für meinen Bruder gefunden zu haben. Hier sind die hundert Pfund Vorschuß und der Brief. Notieren Sie sich die Adresse: Corporation Street 126B, und vergessen Sie nicht, morgen um ein Uhr ist Ihre Verabredung. Guten Abend, ich wünsche Ihnen, daß Ihnen das Glück hold ist. Sie verdienen es.‹
Das war's ungefähr, was sich zwischen uns zugetragen hat, jedenfalls, soweit ich mich erinnere. Sie können sich vorstellen, Mr. Watson, wie ich mich über diesen dicken Batzen Glück gefreut habe. Ich hab' die halbe Nacht nicht schlafen können, weil ich so aufgeregt war. Am nächsten Morgen hab' ich dann einen Zug nach Birmingham genommen, der mich lange vor der vereinbarten Zeit dort hinbrachte. Ich schaffte dann meine Sachen in ein Hotel in der New Street und machte mich auf den Weg zu der angegebenen Adresse.
Ich kam eine Viertelstunde zu früh dort an, aber ich dachte, das wäre egal, Nummer 126B war ein Durchgang zwischen zwei großen Läden, der zu einem Hinterhaus mit einer steinernen Wendeltreppe führte. Die Wohnungen waren alle als Büros an Firmen oder als Praxen vermietet. Das konnte ich den Namen entnehmen, die

man unten im Eingang an die Wand gepinselt hatte. Doch seltsamerweise sah ich die Franco-Midland-Haushaltswaren-Company nicht darunter. Ein paar Minuten stand ich da, das Herz in der Hose, und fragte mich, ob die ganze Sache nicht doch ein ausgefuchster Schwindel war, als auf einmal ein Mann heraufkam und mich ansprach. Er ähnelte erstaunlich dem Mr. Pinner, der mich am Abend zuvor aufgesucht hatte. Die gleiche Figur und Stimme, aber glattrasiert und hellere Haare.

›Sind Sie Mr. Hall Pycroft?‹ fragte er.

›Ja‹, sagte ich.

›Ah, ich habe Sie erwartet, doch nicht ganz so zeitig. Mein Bruder hat mich heute morgen verständigt und ein Loblied auf Sie gesungen.‹

›Ich war gerade dabei, die Büros Ihrer Firma zu suchen.‹

›Unser Name ist noch nicht angebracht. Wir konnten uns diese behelfsmäßigen Räume nämlich erst kürzlich sichern. Kommen Sie mit hoch und lassen Sie uns alles besprechen.‹

Ich folgte ihm über eine Art Bodentreppe bis dicht unters Dach, wo er mich in ein paar leere, staubige kleine Zimmer ohne Teppiche und Vorhänge führte. Ich hatte ein großes Büro mit glänzenden Tischen und Reihen von Angestellten erwartet, wie ich es von meiner alten Stelle gewohnt war. Und ich bin sicher, ich muß recht verblüfft auf die einfachen Holzstühle und den kleinen ärmlichen Tisch gestarrt haben, was zusammen mit einem Papierkorb und etwas Schreibmaterial die gesamte Einrichtung ausmachte.

›Seien Sie nicht enttäuscht, Mr. Pycroft‹, sagte mein neuer Chef, als er mein langes Gesicht bemerkte. ›Rom ist auch nicht an einem Tag erbaut worden, und wir haben eine Menge Geld im Rücken, auch wenn unsere Büros nach nichts aussehen. Bitte nehmen Sie Platz, und geben Sie mir den Brief, den Sie hoffentlich dabeihaben.‹

Ich reichte ihn ihm, und er las ihn sehr sorgfältig.

›Sie haben offensichtlich einen enormen Eindruck auf meinen Bruder Arthur gemacht‹, sagte er. ›Dabei weiß ich, daß er in seinem Ur-

teil äußerst kritisch ist. Er schwört auf London, müssen Sie wissen, und ich mehr auf Birmingham. Aber diesmal will ich seinem Ratschlag folgen. Bitte betrachten Sie sich als endgültig eingestellt.‹
›Was sind meine Aufgaben?‹ erkundigte ich mich.
›Sie werden letztlich die große Niederlassung in Paris übernehmen, die eine Flut von englischem Geschirr in die Läden von einhundertvierunddreißig Vertretungen in Frankreich schicken wird. Der Kauf dürfte in einer Woche vollständig getätigt sein, und in der Zwischenzeit bleiben Sie in Birmingham und machen sich nützlich.‹
›Wie?‹
Als Antwort holte er ein dickes rotes Buch aus der Schublade.
›Das ist das Branchen-Adreßbuch von Paris‹, erklärte er mir. ›Die einzelnen Gewerbe sind nach den Namen der Leute geordnet. Ich möchte, daß Sie es mit nach Hause nehmen und alle Haushaltswarenhändler mit ihren Anschriften heraussuchen. Die zu haben wäre ungeheuer nützlich für mich.‹
›Es gibt doch bestimmt Verzeichnisse von solchen Geschäften?‹ wandte ich ein.
›Keine zuverlässigen. Ihr System ist anders als unseres. Halten Sie sich ran, und bringen Sie mir am Montag um zwölf die Listen. Einen schönen Tag noch, Mr. Pycroft. Wenn Sie weiterhin Eifer und Intelligenz zeigen, werden Sie unsere Firma noch sehr schätzen lernen.‹
Ich kehrte mit dem dicken Buch unter dem Arm und von widersprüchlichen Gefühlen geplagt zum Hotel zurück. Auf der einen Seite war ich definitiv angestellt und hatte hundert Pfund Vorschuß in der Tasche; auf der anderen wiederum machten mich das ärmliche Aussehen der Büros, der fehlende Name im Hauseingang und noch so einige Punkte, die jedem nur einigermaßen wachen Mann im Geschäftsleben aufstoßen mußten, doch recht stutzig. Jedenfalls, wie dem auch sei, ich hatte mein Geld bekommen, also setzte ich mich hin und machte mich an die Arbeit. Den ganzen Sonntag lang schuftete ich schwer, und doch war ich am Montag erst beim

Buchstaben H angelangt. Ich ging zu meinem Arbeitgeber, fand ihn in einem unverändert kahlen Zimmer und erhielt den Auftrag, bis Mittwoch damit fortzufahren und dann wiederzukommen. Am Mittwoch war ich immer noch nicht fertig, so ackerte ich also bis Freitag weiter – das war gestern. Dann brachte ich die Listen zu Mr. Harry Pinner.

›Ich danke Ihnen sehr‹, sagte er. ›Ich fürchte, ich habe die Schwierigkeiten dieses Unterfangens erheblich unterschätzt. Aber ich kann Ihnen versichern, diese Listen sind für mich letztlich unentbehrlich.‹

›Ja, es dauerte seine Zeit‹, entgegnete ich.

›Und jetzt‹, sagte er, ›möchte ich, daß Sie mir eine Aufstellung der Einrichtungshäuser anfertigen. Denn diese haben ja auch Geschirr in ihrem Angebot.‹

›Gut.‹

›Schauen Sie dann morgen abend um sieben Uhr hier vorbei und lassen Sie mich wissen, wie Sie damit vorangekommen sind. Aber überarbeiten Sie sich nur nicht. Ein paar Stunden am Abend in Day's Varieté dürften Ihnen nach all den Mühen nicht schaden.‹ Er lachte, als er das sagte, und ich sah, daß sein zweiter Zahn oben links mit einer schlampig gemachten Goldplombe gefüllt war. Mir lief es kalt den Rücken runter.«

Sherlock Holmes rieb sich vergnügt die Hände, und ich blickte unseren Klienten verwirrt an.

»Sie schauen überrascht, Mr. Watson, aber Sie müssen wissen, die Sache ist folgende«, sagte er: »Als ich mit dem anderen Mr. Pinner in London sprach und der lachte und meinte, ich würde nicht zu Mawson's gehen, hatte ich bemerkt, daß sein Zahn genau die gleiche Füllung aufwies. Das Blitzen des Goldes war mir jedesmal ins Auge gefallen, verstehen Sie. Brachte ich das mit der sich gleichenden Gestalt und Stimme in Zusammenhang, blieben nur noch die Dinge verschieden, die sich jederzeit leicht mit Rasiermesser und Perücke verändern ließen. Und so gab es für mich keinen Zweifel mehr, daß

es sich um ein und denselben Mann handelte. Natürlich konnten Brüder sich sehr ähneln, aber unmöglich so weit, daß sie denselben Zahn auf dieselbe schlechte Weise plombiert hatten.
Er verabschiedete mich höflich, und ich stand kurz darauf verwirrt auf der Straße und wußte nicht mehr, ob ich träumte oder wach war. Im Hotel zurück, tauchte ich erst einmal meinen Kopf in die Waschschüssel mit kaltem Wasser und versuchte, hinter die Sache zu steigen. Warum hatte er mich von London nach Birmingham geschickt? Warum war er vor mir aufgetaucht? Und warum hatte er einen Brief an sich selber geschrieben? Das alles zusammen war einfach zuviel für mich. Ich konnte mir keinen Reim darauf machen. Da fiel mir plötzlich ein, daß diese unergründliche Sache für Mr. Holmes vielleicht völlig einsichtig sein könne. Mir blieb gerade genügend Zeit, um mit dem Nachtzug nach London zu reisen, ihn heute morgen aufzusuchen und jetzt mit Ihnen beiden nach Birmingham zurückzufahren.«
Es entstand eine Pause, nachdem der Börsenmakler-Gehilfe seinen erstaunlichen Bericht beendet hatte. Sherlock Holmes warf mir einen vielsagenden Blick zu und lehnte sich mit zufriedener, wenn auch gleichzeitig kritischer Miene in die Polster zurück, wie ein Weinkenner, der eben den ersten Schluck eines herausragenden Jahrgangs gekostet hat.
»Nicht schlecht, was, Watson?« meinte er. »Einige Punkte gefallen mir ausgesprochen gut. Ich nehme an, Sie stimmen mir zu, daß eine kleine Unterredung mit Mr. Harry Pinner in den provisorischen Büroräumen seiner Franco-Midland-Haushaltswaren-Company Limited für uns recht aufschlußreich sein könnte.«
»Aber wie sollen wir das einfädeln?« fragte ich.
»Ach, das ist ganz einfach«, entgegnete Pycroft fröhlich. »Sie sind zwei Freunde von mir ohne Stellung. Was wäre da naheliegender, als Sie zu meinem neuen Chef mitzunehmen, damit er Ihnen auch einen Posten verschafft.«
»Natürlich«, sagte Holmes. »Ganz ausgezeichnet. Ich möchte mir

diesen ehrenwerten Burschen doch gern etwas aus der Nähe betrachten und sehen, ob ich ihm nicht hinter sein Spielchen komme. Welche Qualifikationen haben Sie übrigens aufzuweisen, mein Freund, damit Ihre Dienste unschätzbar erscheinen? Oder ist es möglich, daß...« Er brach ab, kaute an seinen Fingernägeln und starrte gedankenverloren aus dem Abteilfenster. Wir hörten kaum noch was von ihm, bis wir bei dem Hotel in der New Street anlangten.

Um sieben Uhr abends gingen wir drei in die Corporation Street zu den Büroräumen der Gesellschaft.

»Es bringt nichts, vor der Zeit dazusein«, sagte unser Klient. »Er taucht hier offensichtlich nur auf, um mich zu treffen. Denn bis zur verabredeten Zeit ist immer alles leer.«

»Sehr aufschlußreich«, meinte Holmes.

»Beim Zeus, ich hab's Ihnen ja gesagt!« rief der junge Mann. »Da drüben marschiert er, da vor uns.«

Er zeigte auf einen recht kleinen, gutgekleideten Mann mit hellbraunem Haar, der auf der anderen Straßenseite dahinhastete. Während wir ihn beobachteten, reckte er sich, um nach einem Zeitungsjungen zu sehen, der die neueste Abendausgabe anpries, stürzte sich in das Gewühl von Bussen und Droschken, kaufte eine Nummer und verschwand, das Blatt krampfhaft an sich gepreßt, in einem Hauseingang.

»Da rauscht er ab«, rief Pycroft. »Er ist genau dort hingegangen, wo die Räume der Firma sind. Kommen Sie mit, ich arrangiere das schon irgendwie für Sie.«

Wir folgten seiner Führung und stiegen bis zum fünften Stock, wo wir zu einer halb offenstehenden Tür gelangten, an die unser Klient klopfte. Von drinnen forderte uns eine Stimme auf hereinzukommen, und wir traten in einen kleinen kahlen Raum, der mit Pycrofts Beschreibung übereinstimmte. An einem einsamen Tisch saß der Mann, den wir eben auf der Straße gesehen hatten. Die Abendzeitung lag vor ihm. Als er aufblickte, schaute ich in ein Gesicht, wie es

mir noch nie begegnet war – solch ein Kummer sprach daraus, und über den Kummer hinaus noch blankes Entsetzen, wie es nur wenige Menschen je befällt. Schweißperlen standen ihm auf der Stirn, seine Wangen waren von einem fahlen, toten Weiß, und seine Augen flackerten irr. Er starrte auf seinen Angestellten. Ich konnte der erstaunten Miene unseres Führers entnehmen, daß dies nicht die übliche Erscheinung seines Arbeitgebers war.
»Sie sehen krank aus, Mr. Pinner!« rief er.
»Ja, ich fühle mich auch nicht wohl«, antwortete der andere und bot offensichtlich alle seine Kräfte auf, sich zusammenzureißen. Er leckte sich die trockenen Lippen, bevor er weitersprach: »Wer sind diese zwei Herren, die Sie mitgebracht haben?«
»Der eine ist Mr. Harris aus Bermondsey, und der andere ist Mr. Price hier aus der Stadt. Beide sind Freunde von mir, mit Berufserfahrung, aber seit einiger Zeit ohne Anstellung. Sie hofften, Sie könnten vielleicht in der Firma Verwendung für sie haben.«
»Durchaus möglich, durchaus möglich«, stieß Pinner hervor und grinste gespenstisch. »Ja, ich bin überzeugt, wir können etwas für Sie tun. Was ist Ihr Gebiet, Mr. Harris?«
»Ich bin Buchhalter«, sagte Holmes.
»Oh, ja, in der Richtung können wir jemand brauchen. Und Ihres, Mr. Price?«
»Kaufmännischer Angestellter.«
»Ich bin sicher, die Gesellschaft wird auch Sie unterbringen. Ich werde Sie benachrichtigen, sobald wir zu einem Entscheid gelangt sind. Und jetzt bitte ich Sie zu gehen. In Gottes Namen, lassen Sie mich allein!«
Die letzten Worte waren aus ihm hervorgebrochen, als sei der Zwang, Haltung zu bewahren, plötzlich in sich zusammengestürzt. Holmes und ich warfen uns einen Blick zu, und Pycroft trat näher an den Tisch.
»Aber, Mr. Pinner, Sie haben vergessen, daß ich herbestellt bin, um weitere Weisungen von Ihnen zu bekommen.«

»Gewiß doch, Mr. Pycroft, gewiß«, entgegnete der andere wieder in beherrschterem Ton. »Sie können hier einen Moment warten, und es gibt keinen Grund, daß Ihre Freunde nicht auch so lange hierbleiben, sofern es Ihnen genehm ist, meine Herren. In drei Minuten, Mr. Pycroft, will ich Ihnen voll zur Verfügung stehen, wenn ich Ihre Geduld derart strapazieren darf.« Er erhob sich mit einer sehr höflichen Geste, verbeugte sich und verschwand durch eine Tür am anderen Ende des Zimmers, die er hinter sich schloß.

»Was nun?« flüsterte Holmes. »Ist er uns etwa entwischt?«

»Unmöglich«, meinte Pycroft.

»Wieso?«

»Die Tür führt lediglich in ein Nebenzimmer.«

»Und dort ist kein Ausgang?«

»Nein.«

»Ist es möbliert?«

»Gestern war es noch leer.«

»Was in aller Welt kann er dann dort wollen? Ich verstehe etwas nicht an der Sache. Wenn jemals ein Mann halb wahnsinnig vor Entsetzen war, dann dieser Pinner. Doch was hat ihn nur so in Panik versetzt?«

»Er denkt, wir sind von der Polizei«, schlug ich vor.

»Das wird's sein!« rief Pycroft.

Holmes schüttelte den Kopf. »Er ist nicht erst bleich geworden, als wir hereinkamen, er war es bereits«, sagte er. »Es ist möglich, daß er...«

Klopfgeräusche aus dem Nebenzimmer ließen ihn abbrechen. Es war ein ziemlich regelmäßiges Tack-tack-tack.

»Was, zum Henker, klopft er jetzt an seine eigene Tür!« wunderte sich der Angestellte.

Wieder, und diesmal viel lauter, ertönte das Tack-tack-tack. Wir starrten alle wie gebannt auf die geschlossene Tür. Als ich Holmes anschaute, sah ich, wie er, das Gesicht ganz hart und angespannt, voller Erregung vorgebeugt dastand. Und dann kam plötzlich von

drinnen ein Gurgeln, gefolgt von raschem Trommeln auf Holz. Wie wildgeworden sprang Holmes durch den Raum und drückte gegen die Tür. Doch sie war von innen verriegelt. Seinem Beispiel folgend, warfen wir uns ebenfalls mit unserem ganzen Gewicht dagegen. Eine Angel gab nach, dann die zweite, und die Tür krachte zu Boden. Wir stürmten darüber hinweg in das Nebenzimmer.
Es war leer!
Doch gleich darauf erkannten wir unseren Irrtum. In der dem anderen Zimmer am nächsten gelegenen Ecke entdeckten wir nämlich eine weitere Tür. Holmes sprang hin und riß sie auf. Ein Rock und eine Weste lagen auf dem Boden, und an einem Haken hinter der Tür hing, die eigenen Hosenträger um den Hals, der Direktor der Franco-Midland-Haushaltswaren-Company. Seine Knie waren im Krampf hochgezogen, sein Kopf saß in einem fürchterlichen Winkel verdreht auf dem Körper, und seine gegen die Tür schlagenden Fersen hatten jenes Geräusch verursacht, durch das wir aus unserem Gespräch gerissen worden waren.
Im nächsten Augenblick war ich bei ihm, packte ihn um die Hüften und hielt ihn hoch, während Holmes und Pycroft die elastischen Hosenbänder lösten, die sich tief in die bläulich verfärbte Haut eingegraben hatten. Dann trugen wir ihn gemeinsam in das Vorderzimmer, wo er mit aschgrauem Gesicht und blauroten Lippen dalag, die sich bei jedem Ringen nach Luft vorwölbten und zurückzogen. Dieses elende Wrack von einem vor fünf Minuten zwar bleichen, aber noch gesunden Menschen bot einen fürchterlichen Anblick.
»Wie steht es um ihn, Watson?« fragte Holmes.
Ich beugte mich über Pinner und untersuchte ihn. Sein Puls ging nur schwach und unregelmäßig, aber sein Atem wurde etwas tiefer, und seine Lider zuckten leicht und gaben zwischendurch etwas Weiß vom Augapfel frei.
»Um ein Haar wäre es aus mit ihm gewesen«, erklärte ich, »aber jetzt wird er wohl am Leben bleiben. Öffnen Sie bitte das Fenster

und geben Sie mir die Wasserkaraffe.« Ich knöpfte seinen Kragen auf, goß ihm das kalte Wasser übers Gesicht und hob und senkte seine Arme, bis sein Atem von allein in natürlicherem Rhythmus ging. »Nun ist es nur noch eine Frage der Zeit, wann er wieder zu sich kommt«, sagte ich, als ich mich von ihm abwandte.
Holmes stand beim Tisch, die Hände tief in den Hosentaschen vergraben und das Kinn auf die Brust gedrückt.
»Eigentlich müßten wir jetzt die Polizei verständigen«, meinte er. »Aber ich muß gestehen, ich würde ihr lieber den fertig geklärten Fall präsentieren, wenn sie hier erscheint.«
»Für mich ist das alles ein einziges Rätsel!« rief Pycroft und kratzte sich den Kopf. »Weshalb nur hat man mich hergelockt, wenn mein Chef dann ...«
»Nun, das ist alles glasklar«, entgegnete Holmes ungeduldig. »Es ist dieser letzte, unerwartete Schritt, der mir zu denken gibt.«
»Sie verstehen also das Übrige?«
»Ich finde, es liegt auf der Hand, nicht wahr, Watson?«
Ich zuckte mit den Schultern. »Ich muß gestehen, ich tappe da völlig im dunkeln.«
»Oh, wenn Sie sich die Sache von Anfang an betrachten, läßt sie nur einen Schluß zu.«
»Und der wäre?«
»Nun, die ganze Angelegenheit dreht sich um zwei Punkte. Der erste ist, daß Pycroft seinen Eintritt in diese lächerliche Aktiengesellschaft schriftlich erklären mußte. Sehen Sie nicht, was dahintersteckt?«
»Ich fürchte, ich bin unfähig, Ihnen in diesem Punkt zu folgen.«
»Warum haben sie ihn das tun lassen? Bestimmt nicht aus geschäftlichen Gründen, denn solche Dinge werden in der Regel mündlich vereinbart. Es gibt also keine ersichtliche Veranlassung, hier eine Ausnahme zu machen. Sehen Sie nicht, junger Freund, daß den Leuten alles daran lag, sich eine Probe von Ihrer Handschrift zu verschaffen und daß dies die einzige Möglichkeit dazu war?«

»Und wieso das?«
»Richtig. Wozu das Ganze? Wenn wir die Antwort darauf kennen, dann sind wir in unserem kleinen Problem ein gutes Stück weiter. Wozu also? Es gibt dafür nur einen einleuchtenden Grund. Jemand wollte Ihre Handschrift nachahmen und benötigte dazu erst einmal eine Probe davon. Gehen wir nun zum zweiten Punkt, stellen wir fest, daß einer den anderen erhellt. Dieser Punkt ist Pinners Aufforderung, Sie sollten Ihre Stellung bei Mawson nicht aufkündigen, sondern den Geschäftsführer dort in dem Glauben lassen, ein Mr. Hall Pycroft, den er nie zu Gesicht bekommen hat, trete am Montag seinen Posten im Büro an.«
»Meine Güte!« rief unser Klient. »Was bin ich doch für ein Dummkopf gewesen!«
»Jetzt sehen Sie auch, was das mit der Handschrift auf sich hat. Angenommen, jemand wäre an Ihrer Stelle aufgetaucht und hätte eine ganz andere Schrift aufgewiesen als die von Ihrer Bewerbung? Das Spiel wäre rasch aufgeflogen. Doch so konnte der Schurke in der Zwischenzeit Ihre Handschrift nachahmen lernen, und so war seine Stellung dort erst einmal gesichert. Denn ich nehme an, es hat Sie niemand bei Mawson je gesehen?«
»Keine Menschenseele«, seufzte Pycroft.
»Das paßt ausgezeichnet. Es war natürlich äußerst wichtig, Sie davon abzuhalten, Ihren Entschluß doch noch zu ändern, und auch zu verhindern, daß Sie auf jemanden treffen, der Ihnen von einem Doppelgänger bei Mawson erzählen könnte. Deshalb gaben sie Ihnen auch diesen noblen Gehaltsvorschuß und holten Sie nach Birmingham, wo Sie mit soviel Arbeit eingedeckt wurden, daß Sie auch ja nicht auf den Gedanken verfielen, nach London zurückzufahren. Denn dort hätten Sie womöglich ihr kleines finsteres Spiel gesprengt. Das ist doch alles recht klar.«
»Aber warum mußte sich der Mann dazu als sein eigener Bruder ausgeben?«
»Auch das ist leicht zu erklären. Offensichtlich sind nur zwei an

dem Komplott beteiligt. Der andere hat ihre Rolle im Büro übernommen. Dieser hier trat als Ihr Anwerber auf und stellte plötzlich fest, daß er keinen Arbeitgeber finden konnte, ohne einen Dritten in die Sache hineinzunehmen, was er unbedingt vermeiden wollte. Er veränderte also sein Äußeres, so gut es ging, und baute darauf, daß Sie die große Ähnlichkeit, die Ihnen auffallen mußte, der Tatsache zuschreiben würden, daß es sich um Brüder handelte.«

Pycroft ballte die Hände zu Fäusten und schüttelte sie in einer Geste der Verzweiflung. »Großer Gott!« rief er. »Was mag nur der falsche Hall Pycroft angerichtet haben, während ich mich hier an der Nase herumführen ließ? Was sollen wir tun, Mr. Holmes?«

»Wir müssen sofort an Mawson telegrafieren.«

»Sie schließen am Sonnabend schon um zwölf.«

»Das macht nichts. Es wird doch ein Pförtner oder Wächter da sein.«

»Ja, richtig. Sie haben Tag und Nacht eine Wache da, wegen der vielen Wertpapiere, die dort gelagert sind. Ich habe jedenfalls in der Stadt davon reden hören.«

»Ausgezeichnet. Dann werden wir ihm telegrafieren und anfragen, ob alles in Ordnung ist und ob ein Angestellter Ihres Namens dort arbeitet. Das ist soweit alles klar. Aber ich verstehe noch nicht, weshalb einer der Schurken bei unserem Anblick schnurstracks aus dem Zimmer läuft und sich aufhängt.«

»Die Zeitung!« krächzte es hinter uns. Der Mann setzte sich mühsam auf. Er war leichenblaß, und seine Augen blickten, als sei er noch halb im Jenseits. Nervös rieb er sich mit beiden Händen das breite rote Band um seinen Hals.

»Die Zeitung, natürlich!« schrie Holmes heftig erregt. »Ich Idiot! Ich hab' immer nur an unser Erscheinen hier gedacht, und mir ist die Zeitung keine Sekunde in den Kopf gekommen. Mit Sicherheit liegt dort die Lösung des Geheimnisses!«

Er faltete das Blatt auf dem Tisch auf, und fast im selben Moment stieß er einen Triumphschrei aus.

»Sehen Sie sich das an, Watson!« rief er. »Es ist eine Londoner Zeitung, eine Frühausgabe des ›Evening Standard‹. Hier steht's, was wir suchen. Lesen Sie nur die Schlagzeilen: ›*Verbrechen in der City. Mord bei Mawson & Williams. Gigantischer Raubversuch. Täter gefaßt.*‹ Hier, Watson, wir sind alle begierig darauf, Näheres zu erfahren. Lesen Sie es doch bitte laut vor.«
Der Artikel stand gleich oben auf der ersten Seite, und nach der Aufmachung zu urteilen, mußte es *das* große Ereignis in London gewesen sein:

»Ein schrecklicher Raubversuch, der mit dem Tod eines Mannes und der Festnahme des Verbrechers endete, hat sich heute nachmittag in der City ereignet. Seit einiger Zeit ist Mawson & Williams, das berühmte Finanzhaus, Bewahrer von Wertpapieren, die sich insgesamt auf einen Betrag von weit über eine Million Sterling belaufen sollen. Der Direktor war sich der außerordentlichen Verantwortung bewußt, die sich aus diesen ungeheuren Werten ergab, und hat deshalb Safes der neuesten Bauart eingeführt. Außerdem ist Tag und Nacht ein bewaffneter Wächter im Gebäude. In der vergangenen Woche jedoch wurde ein neuer Angestellter mit Namen Hall Pycroft in den Dienst der Firma genommen. Dieser Mann ist aber niemand anderer als der berüchtigte Fälscher und Tresorknacker Beddington, der zusammen mit seinem Bruder gerade eine fünfjährige Zuchthausstrafe verbüßt hat. Es war ihm auf bisher ungeklärte Weise gelungen, sich unter dem falschen Namen diese Stelle im Büro zu sichern. Er nutzte sie, um sich Abdrücke von Schlössern und eine genaue Kenntnis der Lage der Stahlkammern und Safes zu verschaffen. Es ist bei Mawson üblich, daß die Angestellten am Sonnabend schon mittags um zwölf das Haus verlassen. Deshalb war Sergeant Tuson von der City Police überrascht, als er um zwanzig nach eins einen Herrn mit einer Reisetasche die Treppe herunterkommen sah. Er schöpfte sogleich Verdacht und folgte dem

Mann. Mit Hilfe von Konstabler Pollock gelang es ihm, ihn trotz erbitterten Widerstandes festzunehmen. Es stellte sich heraus, daß ein dreister, gigantischer Raubversuch begangen worden war. Aktien der Amerikanischen Eisenbahngesellschaft im Wert von fast hunderttausend Pfund und noch eine große Anzahl Berechtigungsscheine von Gruben und anderen Gesellschaften wurden in seiner Tasche gefunden.
Bei der Durchsuchung des Gebäudes stieß man auf die Leiche des unglückseligen Wächters, die zusammengekrümmt in einen Safe gezwängt lag, wo sie ohne Sergeant Tusons promptes Handeln nicht vor Montag entdeckt worden wäre. Der Schädel des Mannes war von hinten her mit einem Feuerhaken eingeschlagen worden. Zweifellos hatte sich Beddington unter dem Vorwand, etwas vergessen zu haben, noch einmal Zutritt zum Haus verschafft. Daraufhin ermordete er den Wächter, raubte den großen Safe aus und versuchte sich aus dem Staub zu machen. Sein Bruder, der für gewöhnlich mit ihm zusammenarbeitet, scheint, wie bisherige Nachforschungen ergeben haben, an diesem Unternehmen nicht beteiligt zu sein, obwohl die Polizei sicherheitshalber fieberhaft nach seinem Verbleib sucht.«

»Nun, in der Hinsicht können wir der Polizei einige Mühe ersparen«, sagte Holmes und blickte zu der beim Fenster zusammengekauerten Jammergestalt. »Die menschliche Natur ist doch eine recht seltsame Mixtur, Watson. Sie sehen, sogar ein Schurke und Mörder kann das größte Mitleid auslösen. So versuchte doch sein Bruder hier tatsächlich Selbstmord zu begehen, als er erfuhr, der andere hatte sein Leben verwirkt. Doch uns bleibt weiter keine Wahl. Der Doktor und ich werden hier Wache halten, und Sie, Mr. Pycroft, holen bitte die Polizei.«

Der treue Hund

Sherlock Holmes stand schon lange über ein Mikroskop gebeugt. Jetzt richtete er sich auf und sah mich triumphierend an.
»Es ist Leim, Watson«, sagte er. »Zweifellos Leim! Sehen Sie sich mal all die in dem Feld verstreuten Sachen an.«
Ich näherte mein Auge dem Vergrößerungsrohr und stellte es auf meine Sehschärfe ein.
»Die Haare dort sind Fussel von einem Tweedmantel. Die unregelmäßigen grauen Teilchen sind Staub. Links erkennen Sie Hautschuppen. Und die braunen Kleckse in der Mitte sind mit Sicherheit Leim.«
»Na schön«, entgegnete ich lachend, »ich bin ja geneigt, Ihren Worten Glauben zu schenken. Hängt denn etwas davon ab?«
»Es ist ein hervorragender Beweis«, antwortete er. »Sie erinnern sich vielleicht noch, daß im St.-Pancras-Fall eine Mütze neben dem toten Polizisten gefunden wurde. Der Angeklagte bestreitet aber, daß sie ihm gehört. Er ist jedoch ein Bilderrahmen-Bauer und hantiert so für gewöhnlich mit Leim.«
»Ist das einer Ihrer Fälle?«
»Nein, mein Freund Merivale von Scotland Yard hat mich gebeten, mir den Fall mal kurz anzuschauen. Seit ich den Falschmünzer anhand der Zink- und Kupferspäne im Ärmelsaum überführt habe, wird denen im Yard langsam klar, wie wichtig das Mikroskop sein kann.« Holmes sah ungeduldig auf die Uhr. »Ein neuer Klient hat sich angemeldet, aber er ist inzwischen längst überfällig. Übrigens, Watson, kennen Sie sich mit Pferderennen aus?«
»Ich will es hoffen. Schließlich gebe ich die Hälfte meiner Kriegsversehrten-Rente für Pferdewetten aus.«

»Dann ernenne ich Sie zu meinem wandelnden Auskunftsbüro für Pferderennen. Was ist mit Sir Robert Norberton? Sagt Ihnen der Name etwas?«
»Das will ich wohl meinen. Er lebt in Shoscombe Old Place, und das kenne ich gut, weil ich da mal mein Sommerquartier aufgeschlagen hatte. Norberton ist doch fast einmal in Ihr Gebiet geraten.«
»Wieso das?«
»Er hat Sam Brewer, den bekannten Geldverleiher von der Curzon Street, auf dem Newmarket Heath mit der Reitpeitsche verprügelt. Der Mann ist fast daran gestorben.«
»Ah, das klingt ja recht interessant. Führt er sich öfter so auf?«
»Nun, er steht in dem Ruf, ein reizbarer und gefährlicher Mann zu sein. Er ist einer der tollkühnsten Reiter in England und belegte vor ein paar Jahren den zweiten Platz im Großen Preis der Nationen. Er gehört zu den Männern, die in unseren Tagen eigentlich ausgestorben sind. Er hätte ausgezeichnet ins Regency, zu Beginn des vorigen Jahrhunderts, gepaßt – ein Boxer, ein Sportler, ein waghalsiger Wetter auf den Rennplätzen und nicht zuletzt ein Liebhaber schöner Frauen. Außerdem soll er, nach allem, was man so hört, bis zum Hals in Geldschwierigkeiten stecken. Er wird wahrscheinlich kaum wieder aus der Misere herausfinden.«
»Großartig, Watson! Was für eine rasche, aber brauchbare Skizze. Ich kann den Mann förmlich vor mir sehen. Ist es Ihnen möglich, mir auch noch eine Beschreibung von Shoscombe Old Place zu geben?«
»Nur insoweit, daß es mitten im Shoscombe-Park liegt und dort das berühmte Shoscombe-Gestüt und die Trainingsquartiere sind.«
»Und der Cheftrainer«, fuhr Holmes an meiner Stelle fort, »ist John Mason. Sie brauchen gar nicht so erstaunt über meine Kenntnisse zu schauen, Watson. Der Brief, den ich gerade öffne, ist nämlich von ihm. Doch erzählen Sie mir noch mehr von Shoscombe. Ich scheine da ja auf eine ergiebige Ader gestoßen zu sein.«
»Es gibt dort noch die Shoscombe-Spaniels«, fuhr ich fort. »Sie hö-

ren auf jeder Hundeschau von ihnen. Sie sind die exklusivste Zucht von ganz England. Und der besondere Stolz von der Lady von Shoscombe Old Place.«

»Sir Robert Norbertons Frau, nehme ich an.«

»Nein. Sir Robert hat nie geheiratet. Die richtige Entscheidung, betrachtet man seine Lebensführung. Er lebt mit seiner verwitweten Schwester zusammen, Lady Beatrice Falder.«

»Sie meinen, sie lebt bei ihm?«

»Nein, nein. Der Besitz gehörte ihrem verstorbenen Ehemann, Sir James. Norberton hat nicht den geringsten Anspruch darauf. Sie hat Nutzungsrecht auf Lebenszeit und kassiert auch die jährliche Pacht ein.«

»Die Bruder Robert wieder ausgibt, vermute ich?«

»So dürfte es sein. Er ist schon ein toller Bursche und macht ihr das Leben bestimmt nicht leicht. Trotzdem soll sie ihm sehr ergeben sein. Aber was stimmt denn nun eigentlich nicht in Shoscombe?«

»Das will ich ja gerade herausfinden. Und hier kommt der Mann, der es uns hoffentlich sagen kann.«

Die Tür war aufgegangen, und ein großer glattrasierter Mann trat ins Zimmer. Sein Gesicht zeigte den bestimmten, strengen Ausdruck, der so typisch für jene Menschen ist, die Pferde oder Jungen zu beaufsichtigen haben. Mr. John Mason hatte beides in beachtlicher Anzahl unter seiner Fuchtel, und er sah so aus, als wäre er seiner Aufgabe bestens gewachsen. Er verbeugte sich beherrscht knapp und nahm dann auf dem Stuhl Platz, den Holmes ihm anbot.

»Sie haben meine Nachricht erhalten, Mr. Holmes?«

»Ja, aber sie besagt nichts.«

»Die Angelegenheit ist viel zu heikel, um Einzelheiten in einem Brief mitzuteilen. Und auch zu kompliziert. Ich kann das nur persönlich erklären.«

»Gut. Wir stehen zu Ihrer Verfügung.«

»Gleich als erstes, Mr. Holmes: Ich glaube, mein Arbeitgeber, Sir Robert, ist übergeschnappt.«

Holmes zog die Augenbrauen hoch. »Wir sind hier in der Baker Street, Mr. Mason, und nicht in der Harley Street*«, sagte er. »Doch wie kommen Sie darauf?«

»Ja, wenn jemand eine verrückte Sache macht oder zwei, dann mag da ja noch ein Sinn dahinterstehen. Aber wenn jemand nur noch Verrücktes tut, beginnen Sie sich doch zu fragen. Ich glaube, Shoscombe Prince und das Derby haben ihn um den Verstand gebracht.«

»Ist das der Junghengst, der erstmals in einem großen Rennen starten soll?«

»Ja, Mr. Holmes. Und zur Zeit ist er das beste Pferd in England. Wenn's einer beurteilen kann, dann bin ich es. Ich will offen mit Ihnen reden, denn ich weiß, Sie sind ein Ehrenmann, und es wird nichts über diese Räume hinausdringen. Sir Robert hat alles darauf abgezielt, dieses Derby zu gewinnen. Er steckt bis über beide Ohren in Schulden, und es ist seine letzte Chance, da herauszukommen. Alles an Geld, was er auftreiben oder borgen konnte, setzte er auf das Pferd – und zu günstigen Gewinnverhältnissen. Jetzt steht die Quote zu vierzig, aber sie war näher an hundert, als er anfing, auf ihn zu wetten.«

»Wie ist das möglich, wenn das Pferd so gut sein soll?«

»Die Leute wissen eben nicht, *wie* gut es ist. Sir Robert hat die Wettspione ausgetrickst. Für die Qualifizierungsläufe hat er den Halbbruder von Prince genommen. Man kann sie nicht auseinanderhalten. Aber im Galopp über eine Achtelmeile sind sie um zwei Längen auseinander. Er denkt an nichts anderes mehr als an das Pferd und das Rennen. Sein ganzes Leben besteht nur noch daraus. Er versucht die Gläubiger und Geldverleiher hinzuhalten. Wenn Prince versagt, ist er verloren.«

»Das macht eher den Eindruck von einem sehr verzweifelten letzten Versuch. Doch was hat das mit Verrücktheit zu tun?«

»Sie sollten ihn mal sehen. Ich glaube, er schläft keine Nacht mehr.

* Londons berühmte Ärzte-Straße

Er ist rund um die Uhr in den Ställen. Seine Augen haben einen irren Ausdruck. Es ist wohl alles zuviel für seine Nerven. Und dann noch sein seltsames Verhalten Lady Beatrice gegenüber.«

»Was ist denn damit?«

»Sie sind immer beste Freunde gewesen. Sie hatten beide dieselben Vorlieben, und sie war genauso pferdebegeistert wie er. Jeden Tag zur gleichen Zeit fuhr sie hinüber, um sich die Tiere anzusehen. Und ganz besonders liebte sie Prince. Er spitzte immer schon die Ohren, wenn er die Räder über den Kies knirschen hörte, und er lief jeden Morgen zur Kutsche, um sein Stück Zucker von ihr in Empfang zu nehmen. Doch mit all dem ist es auf einmal vorbei.«

»Warum?«

»Sie scheint jedes Interesse an Pferden verloren zu haben. Seit einer Woche fährt sie bei den Ställen vorbei, ohne daß mehr als ein ›Guten Morgen‹ oder so von ihr zu hören ist.«

»Und Sie meinen, es hat eine Auseinandersetzung zwischen den beiden gegeben?«

»Ja. Es muß ein heftiger, erbitterter Streit gewesen sein, der Sir Robert zu gehässigen Handlungen gegen sie getrieben hat. Was sonst brachte ihn dazu, ihren Schoßhund, den Spaniel, wegzugeben, den sie wie ein eigenes Kind liebte? Er hat ihn vor ein paar Tagen zum alten Barnes geschafft, dem der Gasthof ›Zum Grünen Drachen‹ in Crendall, drei Meilen von uns entfernt, gehört.«

»Das erscheint mir in der Tat recht merkwürdig.«

»Natürlich konnte man bei ihrem schwachen Herzen und der Wassersucht nicht erwarten, daß sie mit Sir Robert draußen herumlief, aber er kam jeden Abend auf zwei Stunden in ihr Zimmer. Er hat das immer so eingerichtet, denn sie war für ihn so etwas wie ein guter Freund. Doch damit ist es auch vorbei. Er meidet ihre Nähe. Und sie nimmt das sehr tragisch. Sie brütet offensichtlich nur noch vor sich hin, ist trotzig und trinkt – unter uns, Mr. Holmes, sie säuft wie ein Loch.«

»Hat sie das auch vor dem Streit getan?«

»Nun ja, sie trank schon ihr Gläschen, aber jetzt kommt sie häufig auf eine ganze Flasche am Abend. Jedenfalls hat mir das Stephens, der Butler, erzählt. Alles ist anders geworden, und irgendwas erscheint mir verdammt faul daran. Außerdem, was sucht der Herr nachts in der Gruft der alten Kapelle? Und wer ist der Mann, den er dort trifft?«
Holmes rieb sich die Hände.
»Fahren Sie fort, Mr. Mason. Das wird ja immer interessanter.«
»Der Butler sah ihn fortgehen. Es war um Mitternacht und regnete in Strömen. Also legte ich mich am nächsten Abend beim Haus auf die Lauer. Und tatsächlich, der Herr schlüpfte wieder hinaus. Stephens und ich sind hinter ihm hergeschlichen, aber es war eine aufreibende Sache, denn hätte er uns entdeckt, wäre es uns schlecht bekommen. Er schlägt schnell zu, und wenn er erst mal losgelegt hat, nimmt er keine Rücksicht mehr. Also achteten wir darauf, entsprechend Abstand zu halten. Trotzdem gelang es uns, ihn die ganze Zeit zu beobachten. Er ging zur alten Spukgruft, und dort wartete ein Mann auf ihn.«
»Was hat es mit der sogenannten Spukgruft auf sich?«
»Ja, es gibt bei uns im Park eine alte verfallene Kapelle. Sie ist so alt, daß niemand so recht weiß, wann sie gebaut wurde. Und darunter gibt es eine Gruft, die bei uns in schlechtem Ruf steht. Sie ist schon bei Tag ein furchteinflößender dunkler, feuchter Ort, aber kaum jemand in unserer Gegend würde sich des Nachts auch nur in ihre Nähe wagen. Aber der Herr kennt ja keine Angst. Er hat sich noch nie vor irgend etwas gefürchtet. Doch was treibt er dort nur in der Nacht?«
»Warten Sie einen Moment«, unterbrach Sherlock Holmes ihn. »Sie sagten, er hätte sich dort mit einem anderen Mann getroffen. Es kann doch eigentlich nur jemand aus den Ställen oder vom Haus gewesen sein. Wenn Sie sich ein bißchen genauer umschauen, werden Sie ihn wiedererkennen und brauchen ihn bloß zur Rede zu stellen.«

»Es war aber niemand, den ich kenne.«
»Woher wissen Sie das so genau?«
»Weil ich ihn deutlich gesehen habe, Mr. Holmes. Es war in jener zweiten Nacht. Sir Robert kehrte um und kam dicht an uns vorbei. Wir – Stephens und ich – hockten wie zwei Häschen tief im Gebüsch versteckt. Denn der Mond schien etwas. Kurz darauf hörten wir, daß der andere ebenfalls zurückging. Wir hatten keine Angst vor ihm. Als Sir Robert verschwunden war, krochen wir hervor und taten so, als würden wir einen Mondschein-Spaziergang machen. Auf diese Weise konnten wir ihm, ohne weiter Verdacht zu erregen, wie zufällig begegnen. ›Hallo, Kumpel, wo bist du denn her?‹ fragte ich ihn. Offenbar hatte er uns nicht kommen hören. Mit einem Gesicht, als sei der Teufel persönlich aus der Hölle gefahren, drehte er sich zu uns um. Dann stieß er einen gellenden Schrei aus und rannte wie besessen auf und davon. Das muß man ihm schon lassen, er war verdammt schnell für die Dunkelheit. Einen Augenblick später war von ihm nichts mehr zu sehen und zu hören, und wir haben nie herausfinden können, wer der Mann war.«
»Aber Sie haben ihn im Mondlicht deutlich gesehen?«
»Ja, und ich könnte schwören, er hatte ein gelbliches Gesicht – ein unangenehmer Bursche. Was hat er bloß mit Sir Robert zu schaffen?«
Holmes saß eine Weile in Gedanken verloren da.
»Wer kümmert sich um Lady Beatrice Falder?« fragte er schließlich.
»Carrie Evans, ihr Mädchen. Sie ist seit fünf Jahren bei ihr.«
»Und ist zweifellos ergeben und zuverlässig?«
Mason rutschte unbehaglich auf seinem Stuhl hin und her.
»Sie ist auffallend ergeben«, antwortete er. »Aber fragen Sie nicht, wem.«
»Aha«, sagte Holmes.
»Ich darf nicht aus der Schule plaudern.«
»Ich verstehe auch so, Mr. Mason. Die Sache ist ganz klar. Von der Beschreibung, die mir Dr. Watson von Sir Robert gegeben hat,

kann ich mir vorstellen, daß keine Frau vor ihm sicher ist. Glauben Sie nicht, daß die Auseinandersetzung zwischen Bruder und Schwester hierin ihre Ursache hat?«
»Der Skandal ist an sich schon längere Zeit bekannt.«
»Aber vielleicht war er ihr noch verborgen geblieben. Nehmen wir mal an, sie hat plötzlich von der Beziehung erfahren. Sie will die Frau natürlich loswerden. Ihr Bruder stellt sich dagegen. Die Kranke mit ihrem schwachen Herzen, die sich auch nicht weiter groß fortbewegen kann, hat eigentlich keine Handhabe, ihren Willen durchzusetzen. Das verhaßte Mädchen bleibt weiter bei ihr. Die Lady verfällt in Schweigen, Trotz und Trübsinn und fängt das Trinken an. Das bringt wiederum Sir Robert zur Raserei, und er nimmt ihr ihren heißgeliebten Spaniel weg. Kann das nicht so zusammenhängen?«
»Ja, das wäre möglich – bis dahin jedenfalls.«
»Genau! Bis dahin. Aber was haben dann die nächtlichen Ausflüge zur alten Gruft damit zu tun? Das paßt nicht mehr in unsere Geschichte.«
»Nein, Mr. Holmes, und da ist noch etwas, das ich nicht unterbringen kann. Was nur mag Sir Robert dazu bewegt haben, eine Leiche auszugraben?«
Holmes richtete sich in seinem Sessel auf.
»Wir haben es erst gestern herausgefunden, nachdem ich bereits an Sie geschrieben hatte. Gestern ist Sir Robert nämlich nach London gefahren, und Stephens und ich nutzten die Gelegenheit und sind zur Gruft gegangen. Es schien soweit alles in Ordnung, außer daß in der einen Ecke ein paar menschliche Überreste lagen.«
»Sicher haben Sie die Polizei verständigt?«
Unser Besucher lächelte gequält.
»Ich glaube, Mr. Holmes, das hätte sie kaum interessiert. Es waren nur der Kopf und einige Knochen von einem Skelett. Das konnte tausend Jahre alt sein. Doch vorher hat es nicht dort gelegen. Das kann ich beschwören und Stephens auch. Jemand hatte das Gerippe

in der Ecke verstaut und mit einem Brett zugedeckt, damit man es nicht gleich entdeckte. Aber früher war die Ecke leer gewesen.«
»Was haben Sie damit gemacht?«
»Es dort liegen lassen.«
»Das war klug. Sie sagten, Sir Robert wäre gestern weggewesen. Ist er zurückgekehrt?«
»Wir erwarten ihn heute.«
»Wann hat Sir Robert den Hund seiner Schwester fortgegeben?«
»Genau vor einer Woche. Das arme Tier heulte draußen vor dem alten Brunnenhaus, und Sir Robert hatte mal wieder einen seiner Wutanfälle an dem Morgen. Er schnappte sich den Hund, und ich dachte schon, er würde ihn umbringen. Dann gab er ihn Sandy Bain, dem Jockey, und trug ihm auf, den Spaniel zum alten Barnes zu schaffen, er wolle ihn hier nie wieder sehen.«
Holmes schwieg eine Weile und dachte nach. Er hatte die älteste und verschmutzteste seiner Pfeifen zum Brennen gebracht.
»Mir ist noch nicht klar, was Sie von mir in dieser Sache eigentlich erwarten, Mr. Mason«, sagte er und stieß eine Rauchwolke aus. »Können Sie das eindeutiger fassen?«
»Vielleicht macht das hier alles eindeutiger, Mr. Holmes«, entgegnete unser Besucher.
Er holte ein zusammengefaltetes Stück Papier aus der Tasche, schlug es vorsichtig auseinander und brachte ein verkohltes Knochenstück zum Vorschein.
Holmes untersuchte es interessiert.
»Wo haben Sie das her?«
»Unter Lady Beatrices Zimmer befindet sich im Keller der Ofen für die Zentralheizung. Er war die ganze Zeit nicht in Betrieb gewesen, aber Sir Robert beschwerte sich auf einmal, er würde frieren und man solle ihn in Gang setzen. Harvey kümmert sich darum – er ist einer von meinen Jungs. Heute morgen kam er damit zu mir. Er hatte den Knochen beim Schlackendurchsieben gefunden. Ihm behagte das Ding nicht.«

»Mir auch nicht«, entgegnete Holmes. »Watson, was halten Sie davon?«
Der Knochen war stark verkohlt, trotzdem gab es keinen Zweifel über seine Herkunft.
»Es ist der obere Gelenkhöcker eines menschlichen Oberschenkelknochens«, sagte ich.
»Richtig!« bestätigte Holmes. Er sah sehr ernst aus. »Wann bedient der Junge den Ofen?«
»Er heizt jeden Abend ein und überläßt ihn dann sich selbst.«
»Also kann jeder in der Nacht daran?«
»Ja.«
»Ist auch von außen Zutritt?«
»Es gibt eine Außentür, und dann ist da noch eine weitere, die über eine Treppe in den Gang führt, an dem Lady Beatrices Zimmer liegt.«
»Das sind ja tiefe Wasser, Mr. Mason; tief und ziemlich trübe. Sie sagen, Sir Robert wäre letzte Nacht nicht zu Hause gewesen?«
»Nein.«
»Wer auch immer Knochen verbrannt haben mag, er war es jedenfalls nicht.«
»Das ist richtig.«
»Wie heißt der Gasthof, von dem Sie gesprochen haben?«
»Der ›Grüne Drache‹.«
»Gibt es in dem Teil von Berkshire gute Angelmöglichkeiten?«
Das Gesicht des armen Trainers zeigte deutlich, daß er überzeugt davon war, dem nächsten Verrückten begegnet zu sein, der ihm das Leben zur Qual machte.
»Nun, ich habe gehört, im Mühlenbach gäbe es Forellen und Hechte im Herrenhaussee.«
»Das reicht für uns. Watson und ich sind hervorragende Angler – nicht wahr, Watson? Sie können uns in Zukunft im ›Grünen Drachen‹ erreichen. Wir werden noch heute abend dort eintreffen. Ich muß wohl nicht extra betonen, daß wir Sie da nicht persönlich zu

sehen wünschen. Aber eine Nachricht können Sie uns zukommen lassen, wenn Sie es für nötig halten. Außerdem werde ich es arrangieren, Sie zu treffen, sollte ich Sie brauchen. Und sobald wir in der Angelegenheit ein Stück vorangekommen sind, werde ich Sie darüber informieren.«

So kam es, daß Holmes und ich an einem strahlend schönen Maiabend im Abteil Erster Klasse saßen, unterwegs nach Shoscombe, einer Bedarfshaltestelle. Das Gepäcknetz über uns war mit einer stattlichen Anzahl von Angelruten, Rollen und Körben vollgestopft. Nachdem wir an unserem Bestimmungsort angelangt waren, brachte uns eine kurze Fahrt zu einem altertümlichen Gasthaus, wo der sportbegeisterte Wirt, Josiah Barnes, sich eifrig nach unseren Plänen zur Ausrottung der Fische in der Nachbarschaft erkundigte.
»Wie steht es mit Hechten im Herrenhaussee? Sind die Aussichten günstig?« fragte Holmes.
Das Gesicht unseres Wirtes verfinsterte sich.
»Da kann ich nur von abraten, Sir. Sonst passiert es Ihnen womöglich, daß Sie, ehe Sie es sich versehen, selbst im See liegen.«
»Wie das?«
»Das hängt mit Sir Robert zusammen. Er ist im Moment furchtbar argwöhnisch. Hat was gegen Wettspione. Und wenn zwei Fremde wie Sie sich so in die Nähe von seinen Trainingsquartieren begeben, wird er todsicher Jagd auf Sie machen. Er darf kein Risiko eingehen, nein, das kann sich Sir Robert nicht leisten.«
»Ich habe gehört, er hat ein Pferd für das Derby angemeldet.«
»Ja, einen hervorragenden Dreijährigen. Er trägt all unser Geld in das Rennen und besonders das von Sir Robert. Für ihn steckt besonders viel in dem Geschäft. Übrigens, sind Sie Anhänger vom Pferderennsport?« Er beäugte uns mißtrauisch.
»Nein, Gott bewahre uns! Wir sind zwei erholungsbedürftige Londoner, die eine tüchtige Portion gute frische Berkshire-Luft bitter notwendig haben.«

»Dann sind Sie am richtigen Fleck. Bei uns weht 'ne Menge davon herum. Aber vergessen Sie nicht, was ich Ihnen von Sir Robert erzählt habe. Er gehört zu der Sorte Mensch, die zuerst zuschlägt und dann was sagt. Und halten Sie sich aus dem Park raus.«

»Gewiß, Mr. Barnes! Wir werden uns daran halten. Ach, was für ein herrlicher Spaniel war das doch, der vorhin im Eingang gejault hat. Ein prächtiges Tier.«

»Das kann man wohl sagen. Echte Shoscombe-Zucht. Es gibt keine besseren in England.«

»Wissen Sie, ich bin selber ein Hundenarr«, erklärte Holmes. »Wenn ich so eine direkte Frage stellen darf: Was würde ein preisgekrönter Hund wie dieser kosten?«

»Mehr als ich je zahlen könnte. Sir Robert hat ihn mir in Obhut gegeben. Deshalb muß ich ihn auch an der Leine halten. Er wäre wie der Blitz im Herrenhaus, wenn ich ihn losmachen würde.«

»Langsam bekommen wir ein paar Trümpfe in die Hand, Watson«, sagte Holmes, als uns der Wirt verlassen hatte. »Es ist zwar keine leichte Partie, aber in ein oder zwei Tagen werden wir hoffentlich sehen, wo es langgeht. Sir Robert ist übrigens, wie ich höre, noch in London. So könnten wir noch heute abend sein geheiligtes Gelände betreten, ohne befürchten zu müssen, gleich zusammengeschlagen zu werden. Es gibt da ein, zwei Punkte, über die ich mich gern vergewissern möchte.«

»Haben Sie schon irgendeine Theorie, Holmes?«

»Nur insoweit, Watson, daß vor ungefähr einer Woche etwas geschehen ist, das einen tiefen Einschnitt in das Leben im Shoscombe-Herrenhaus mit sich brachte. Doch was ist es gewesen? Wir können nur von den Auswirkungen her unsere Rückschlüsse ziehen. Und die scheinen ja recht seltsam zusammengewürfelt zu sein. Doch sie werden uns schon weiterbringen. Nur der fade, ereignislose Fall ist hoffnungslos.

Lassen Sie uns doch mal die Einzelheiten durchgehen. Der Bruder besucht die geliebte, kranke Schwester nicht mehr. Er gibt ihren

Lieblingshund weg. Ihren Hund, Watson! Bringt Sie das nicht auf etwas?«

»Lediglich darauf, daß der Bruder wütend war und sie schikanieren wollte.«

»Nun, das könnte so gewesen sein. Doch da gibt es noch eine andere Möglichkeit. Fahren wir aber erst einmal mit unserem Lagebericht vom Zeitpunkt des Streits – wenn es überhaupt einen gegeben hat – an fort. Die Lady bleibt in ihrem Zimmer, ändert ihre Gewohnheiten, läßt sich nicht mehr blicken, außer sie fährt mit ihrem Mädchen aus, weigert sich, bei den Ställen anzuhalten und ihr Lieblingspferd zu begrüßen, und hat allem Anschein nach mit dem Trinken angefangen. So liegt der Fall doch, nicht wahr?«

»Da ist noch die Geschichte mit der Gruft.«

»Das ist ein anderer Denkansatz. Es gibt da zwei, und ich bitte Sie, sie nicht durcheinanderzubringen. Strang A, der Lady Beatrice betrifft, hat einen etwas unheimlichen Beigeschmack, finden Sie nicht auch?«

»Ich steige da nicht mehr durch.«

»Na, dann lassen Sie uns mal Strang B aufnehmen, in dem es um Sir Robert geht. Er hat sich wie ein Wahnsinniger darauf versteift, das Derby zu gewinnen. Er ist in den Händen der Geldverleiher und muß immer damit rechnen, daß er ausgepfändet wird und seine Gläubiger seine Rennställe beschlagnahmen. Er ist verzweifelt und zu allem entschlossen. Sein Einkommen stammt von seiner Schwester. Das Mädchen seiner Schwester ist sein williges Werkzeug. Soweit bewegen wir uns wohl auf sicherem Boden, oder?«

»Aber die Gruft!«

»Ach ja, die Gruft! Nehmen wir mal an, Watson – und das ist eine schändliche Vermutung, die ich nur mal der Beweisführung halber als Hypothese verwenden will –, Sir Robert hat seine Schwester beiseite geschafft.«

»Mein lieber Holmes, das kommt nicht in Frage.«

»Sehr gut möglich, Watson! Sir Robert ist aus hochehrbarer Familie. Aber manchmal findet sich eben eine Aaskrähe unter den Adlern. Lassen Sie uns doch mal für einen Augenblick mit diesem Verdacht arbeiten. Er kann das Land nicht verlassen, bevor er nicht Geld flüssiggemacht hat, und das ist wiederum nur möglich, wenn sein Plan mit Shoscombe Prince in Erfüllung geht. Deshalb bleibt ihm nichts anderes übrig als auszuharren. Doch dazu muß er sich der Leiche seines Opfers entledigen und außerdem noch jemanden finden, der die Rolle seiner Schwester übernimmt. Mit dem Mädchen als seiner Vertrauten ist das nicht unmöglich. Die Tote hätte man in die Gruft schaffen, die kaum von jemand aufgesucht wird, und zu einem günstigen Zeitpunkt des Nachts im Heizungsofen verbrennen können, wobei das dann als Beweis übriggeblieben wäre, was wir bereits gesehen haben. Was halten Sie davon, Watson?«

»Das ist alles möglich, sofern Sie auf diesem abscheulichen Verdacht beharren.«

»Ich glaube, Watson, wir sollten morgen ein kleines Experiment anstellen, das etwas Licht in die Angelegenheit bringen wird. Inzwischen jedoch schlage ich vor, unseren Wirt zu einem Gläschen von seinem eigenen Wein einzuladen und mit ihm ein kluges Gespräch über Aale und Karpfen zu führen. So halten wir unsere Rollen aufrecht, und es scheint mir außerdem der direkteste Weg zu sein, ihn für uns zu gewinnen. Vielleicht haben wir Glück und ziehen dabei etwas nützlichen örtlichen Klatsch an Land.«

Am nächsten Morgen stellte Holmes fest, daß wir die Köder fürs Hechteangeln zu Hause gelassen hatten, und das erlöste uns für den Tag vom Fischfang. Gegen elf Uhr brachen wir zu einem Spaziergang auf, und er hatte es bewerkstelligt, daß wir den schwarzen Spaniel mitnehmen durften.

»Hier ist es«, sagte Holmes, als wir zu einem hohen Parktor mit schmiedeeisernen Flügeln gelangten. Auf den steinernen Pfosten rechts und links davon thronten Greifenvögel mit Wappen in den

Klauen. »Gegen Mittag, hat mir Barnes erzählt, macht die alte Dame ihre Ausfahrt, und die Kutsche muß ihre Geschwindigkeit verlangsamen, weil das Tor erst für sie geöffnet wird. Sobald sie durchgefahren ist, möchte ich, Watson, daß Sie, bevor sie wieder an Tempo gewinnt, den Kutscher mit einer Frage aufhalten. Achten Sie nicht auf mich. Ich werde hinter dieser Stechpalme hier stehen und abwarten, was es zu sehen gibt.«

Wir brauchten nicht lange Wache zu halten. Nach einer knappen Viertelstunde sahen wir den gelben offenen Landauer die lange Allee herunterkommen. Er wurde von zwei prächtigen hoch trabenden grauen Pferden gezogen.

Holmes duckte sich mit dem Hund hinter den Busch. Ich stellte mich auf den Weg, schwang meinen Spazierstock und versuchte möglichst unbekümmert zu winken. Ein Diener kam herausgeeilt, und die Torflügel schwangen auf.

Die Kutsche fuhr jetzt mit Schrittgeschwindigkeit, und mir blieb genügend Zeit, die Insassen zu betrachten. Links saß eine starkgeschminkte junge Frau mit flachsblondem Haar und ziemlich schamlosen Augen. Rechts daneben hockte eine ältliche Person mit rundem Rücken, Gesicht und Schultern bis zur Unkenntlichkeit in Schals und Tücher gehüllt. Das deutete auf die Kranke hin. Bevor die Pferde den Hauptweg erreichten, hob ich in einer gebieterischen Geste die Hand. Der Kutscher hielt tatsächlich, und ich fragte ihn, ob Sir Robert in Shoscombe anzutreffen sei.

Im selben Moment kam Holmes zum Vorschein und ließ den Spaniel los. Mit freudigem Gebell stürzte er zur Kutsche und sprang auf das Trittbrett. Dann plötzlich schlug seine lebhafte Begrüßung in zorniges Toben um, und er schnappte wild nach dem schwarzen Rock über ihm.

»Fahr weiter! Fahr weiter!« kreischte eine rauhe Stimme. Der Kutscher trieb die Pferde an, und wir blieben allein auf dem Torweg zurück.

»So, Watson, das haben wir!« sagte Holmes und befestigte die Leine

wieder an dem Halsband des aufgeregten Spaniels. »Er dachte, es wäre seine Herrin, und stellte fest, es ist ein Fremder. Hunde irren sich da nicht.«
»Aber es war die Stimme eines Mannes!« rief ich.
»Genau! Wir halten jetzt einen Trumpf mehr in der Hand, Watson, trotzdem müssen wir unsere Karten weiterhin sehr vorsichtig ausspielen.«
Für den weiteren Tag schien mein Freund keine Pläne zu haben, und so benutzten wir tatsächlich unser Angelgerät und machten den Mühlenbach unsicher, mit dem Ergebnis, daß wir es zu einem Forellen-Abendessen brachten. Erst anschließend zeigte Holmes Anzeichen wiedererwachender Aktivität. Und so befanden wir uns wenig später erneut, wie schon am Vormittag, auf der Straße zum Park. Am Tor erwartete uns eine große, dunkle Gestalt, die, wie es sich herausstellte, niemand anders als Mr. Mason, der Trainer und unser Besucher in London, war.
»Guten Abend, meine Herren«, begrüßte er uns. »Ich habe Ihre Nachricht erhalten, Mr. Holmes. Sir Robert ist noch nicht zurück, aber, wie ich höre, erwartet man ihn noch heute nacht.«
»Wie weit ist die Gruft vom Haus entfernt?« erkundigte sich Holmes.
»Eine gute Viertelmeile.«
»Dann brauchen wir uns allesamt jetzt um ihn nicht weiter zu kümmern.«
»Ich kann mir das nicht leisten, Mr. Holmes. In dem Augenblick, wo er hier eintrifft, will er mich auch schon sehen und das Neueste über Shoscombe Prince hören.«
»Ich verstehe. In dem Fall müssen wir ohne Sie auskommen, Mr. Mason. Sie können uns ja die Gruft zeigen und dann umkehren.«
Es war stockdunkel, kein Mond schien, aber Mason führte uns sicher quer durch Wiesengelände, bis eine wuchtige dunkle Masse vor uns auftauchte. Es war die alte Kapelle. Wir tasteten uns durch eine halbverfallene Öffnung, die einst die Pforte gewesen sein mußte.

Unser Führer ging, hin und wieder über loses Mauerwerk stolpernd, zielstrebig zu der einen Ecke des Gebäudes, wo eine steile Treppe in die Gruft hinunterführte. Unten angelangt, entzündete er ein Streichholz und leuchtete damit in die Runde. Es war ein trauriger Ort – bedrückend und voll Modergeruch, mit alten bröckelnden Wänden aus grob behauenen Steinen und mit Stapeln von Särgen, manche aus Blei, manche aus Stein. Auf der einen Seite reichten sie bis unter das Deckengewölbe, das sich über unseren Köpfen im Dunkel verlor. Holmes hatte inzwischen seine Laterne zum Brennen gebracht, und sie schuf einen kleinen hellen, gelben Lichttunnel in der düsteren Szenerie. Die Strahlen wurden von den Sargwänden reflektiert, die häufig mit dem Greifen und der Adelskrone, dem Wappenzeichen der alten Familie, verziert waren. So nahmen die einzelnen Mitglieder noch ihre ehrenvollen Insignien mit bis an die Pforte des Todes.

»Sie haben von Knochen gesprochen, Mr. Mason. Können Sie uns die noch zeigen, bevor Sie gehen?«

»Sie sind dort in der Ecke.« Der Trainer durchquerte die Gruft und stand dann sprachlos vor Verblüffung da, als unser Licht die entsprechende Stelle erhellte. »Sie sind verschwunden«, brachte er schließlich heraus.

»Das habe ich mir gedacht«, sagte Holmes und lachte glucksend. »Ich vermute, die Asche davon läßt sich in demselben Ofen finden, der bereits einen Teil davon verzehrt hat.«

»Aber warum nur um alles in der Welt kommt jemand darauf, Knochen von einem Menschen zu verbrennen, der schon jahrhundertelang tot ist?« fragte Mason.

»Um das herauszufinden, sind wir hier«, entgegnete Holmes. »Das kann mit einer langen Suche verbunden sein, und wir wollen Sie nicht weiter aufhalten. Ich schätze, wir werden noch vor Tagesanbruch die Lösung haben.«

Nachdem uns Mason verlassen hatte, machte sich Holmes an die Arbeit und begann, die Grabplatten und Särge zu untersuchen. Die ältesten, in der Mitte, waren wohl sächsischen Ursprungs. Dann ging es mit einer langen Reihe von Hugos und Odos weiter, bis wir zu Sir William und Sir Denis Falder im achtzehnten Jahrhundert gelangten. Es mußte mindestens eine Stunde verstrichen sein, als Holmes zu einem Bleisarg kam, der beim Eingang zur Gruft stand. Ich hörte, wie er einen Laut der Befriedigung ausstieß, und entnahm seinen raschen und zielstrebigen Bewegungen, daß er hoffte, fündig geworden zu sein. Mit seiner Lupe untersuchte er eifrig die Ecken des schweren Deckels. Dann zog er ein kurzes Stemmeisen aus seiner Tasche, zwängte es in einen Spalt und drückte damit die ganze Front ein Stück weg, die lediglich durch ein paar Klemmen gesichert schien. Es knarrte und krachte fürchterlich, als der Deckel schließlich nachgab. Aber er ließ sich erst einmal nur wenig hochklappen und zeigte kaum etwas vom Sarginhalt. In dem Augenblick wurden wir von etwas Unvorhergesehenem unterbrochen.

Jemand ging über unseren Köpfen durch die Kapelle. Es war der feste, schnelle Schritt eines Menschen, der in einer bestimmten Absicht hergekommen war und sich in dem Gemäuer auskannte. Der Schein eines Lichts drang über die Treppe zu uns, und kurz darauf tauchte der Mann, der es trug, im gotischen Bogengang auf. Er war eine schreckliche Erscheinung – riesig von Statur und wutbebend. Die große Stallaterne, die er vor sich hielt, beleuchtete ein energisches Gesicht mit dickem Schnurrbart und zornigen Augen, die in jeden Winkel der Gruft spähten, bis sie sich schließlich mit einem vernichtenden Blick auf meinen Freund und auf mich richteten.

»Wer, zum Teufel, sind Sie?« donnerte er los. »Und was treiben Sie auf meinem Grund und Boden?«

Als Holmes nicht darauf antwortete, kam er ein paar Schritte auf uns zu und schwang einen dicken Stock, den er bei sich trug. »Hören Sie mich?« brüllte er. »Wer sind Sie? Was suchen Sie hier?« Sein Knüppel zuckte durch die Luft.

Doch statt zurückzuweichen, trat Holmes ihm entgegen.

»Auch ich habe Ihnen eine Frage zu stellen, Sir Robert«, sagte mein

Freund in seinem strengsten Ton. »Wer ist das hier, und was hat das zu bedeuten?«
Er drehte sich um und riß den Sargdeckel hoch. Im Schein der Laterne sah ich eine Leiche, die von Kopf bis Fuß in ein Tuch gehüllt war. Das Gesicht lag frei da und hatte etwas Fürchterliches, Hexenähnliches. Nase und Kinn ragten spitz heraus, die Haut war farblos und verschrumpelt, und glasige Augen starrten mich an.
Der Baronet war mit einem Schrei zurückgetaumelt und lehnte jetzt schwer an einem Sarkophag.
»Wie haben Sie das herausgefunden?« fragte er und wirkte sehr in sich zusammengefallen. Doch dann straffte er sich, und seine alte wilde Art gewann wieder Oberhand. »Was geht Sie das hier überhaupt an?« wetterte er.
»Mein Name ist Sherlock Holmes«, entgegnete mein Freund. »Er ist Ihnen wahrscheinlich bekannt. Und meine Aufgabe ist wie die eines jeden guten Bürgers – das Gesetz einzuhalten. Mir scheint, Sie haben da eine Menge Rede und Antwort zu stehen.«
Sir Roberts Augen funkelten für ein paar Sekunden gefährlich, doch dann taten Holmes' ruhige, kühle Stimme und seine sichere Art ihre Wirkung.
»Bei Gott, Mr. Holmes, es ist richtig«, sagte er. »Der Augenschein spricht gegen mich, ich gebe es zu, aber ich konnte nicht anders handeln.«
»Ich wäre glücklich, wenn ich das glauben könnte, doch ich fürchte, das müssen Sie erst einmal der Polizei beibringen.«
Sir Robert zuckte mit den breiten Schultern.
»Gut, wenn es sein muß, muß es eben sein. Kommen Sie mit zum Haus. Sie können sich dann selbst Ihr Urteil über die Dinge bilden.«

Eine Viertelstunde später fanden wir uns in einem Raum wieder, der, wie ich von den Reihen blankgeputzter Gewehrläufe hinter Glasscheiben schloß, das Waffenzimmer des alten Hauses sein mußte. Es war behaglich eingerichtet. Sir Robert ließ uns hier für

kurze Zeit allein. Dann kehrte er mit zwei Begleitern zurück: die grellgeschminkte junge Dame, die wir in der Kutsche gesehen hatten, und ein kleiner rattengesichtiger Mann mit einer unangenehmen scheinheilig verstohlenen Art. Beide zeigten äußerste Verwirrung, was wohl damit zusammenhing, daß der Baronet noch nicht dazu gekommen war, ihnen den Verlauf der Ereignisse zu erklären.
»Das hier sind Mr. und Mrs. Norlett«, stellte uns Sir Robert die beiden vor. »Mrs. Norlett ist unter ihrem Mädchennamen Evans über mehrere Jahre die engvertraute Zofe meiner Schwester gewesen. Ich habe das Ehepaar hierher gebracht, weil ich das Gefühl habe, es ist für mich das beste, Ihnen den ganzen Sachverhalt zu schildern, und diese zwei sind die einzigen Personen, die bezeugen können, daß ich Ihnen die Wahrheit sage.«
»Ist denn das unbedingt nötig, Sir Robert? Haben Sie sich gut überlegt, was Sie da tun?« rief die Frau.
»Was mich betrifft, lehne ich jede Verantwortung ab«, sagte ihr Ehemann.
Sir Robert warf ihm einen verächtlichen Blick zu. »Ich übernehme schon die ganze Verantwortung«, erklärte er. »So, Mr. Holmes, und nun hören Sie den genauen Sachverhalt.
Sie sind offensichtlich recht tief in meine Angelegenheiten eingedrungen, sonst hätte ich Sie nicht dort antreffen können, wo ich es getan habe. Deshalb wissen Sie aller Wahrscheinlichkeit nach auch, daß ich ein noch unbekanntes Pferd in dem Derby laufen lasse und für mich dabei alles von dem Erfolg abhängt. Wenn ich gewinne, ist alles bestens. Verliere ich – na, da wage ich nicht weiter darüber nachzudenken.«
»Ich verstehe Ihre Situation«, sagte Holmes.
»Ich bin in jeglicher Hinsicht von meiner Schwester Beatrice abhängig. Und es ist bekannt, daß sie nur auf Lebzeiten die Nutznießung des Besitzes hat. Was mich betrifft, so bin ich in den Händen der Geldverleiher. Und mir war immer klar, daß sich beim Tod meiner Schwester alle meine Gläubiger sofort wie die Aasgeier auf meinen

Besitz stürzen würden. Meine Ställe, meine Pferde – alles wäre weg! Mr. Holmes, meine Schwester ist tatsächlich vor genau einer Woche gestorben.«

»Und Sie haben niemand ein Wort davon gesagt.«

»Was sollte ich tun? Das hätte den absoluten Ruin für mich bedeutet. Wenn es mir aber gelang, das Ganze für drei Wochen geheimzuhalten, war alles gerettet. Der Ehemann der Zofe – dieser Herr hier – ist Schauspieler. Wir kamen – nein, ich kam auf die Idee, daß er für diese kurze Zeit die Rolle meiner Schwester übernehmen könnte. Es ging nur darum, einmal am Tag in der Kutsche auszufahren, denn niemand außer dem Mädchen mußte in ihr Zimmer. Kein Problem, das zu arrangieren. Meine Schwester ist an Wassersucht gestorben, an der sie schon lange litt.«

»Das wird die Leichenschau ergeben.«

»Ihr Arzt kann bestätigen, daß die Symptome in den letzten Monaten ein solches Ende befürchten ließen.«

»Gut. Und was haben Sie dann getan?«

»Die Tote konnte ja schlecht im Zimmer liegenbleiben. Also trugen Norlett und ich sie in der ersten Nacht zum alten Brunnenhaus, das schon lange nicht mehr benutzt wird. Uns folgte jedoch ihr Lieblingsspaniel und kläffte und jaulte fortwährend vor der Tür, so daß mir klar wurde, daß wir einen sicheren Ort finden mußten. Erst einmal gab ich den Spaniel weg, und dann schafften wir die Leiche in die Gruft der alten Kapelle. Daran war nichts Entwürdigendes und Pietätloses, Mr. Holmes. Ich habe nicht das Gefühl, die Tote entehrt zu haben.«

»Ihr Vorgehen erscheint mir unverzeihlich, Sir Robert.«

Der Baronet schüttelte verärgert den Kopf. »Es ist leicht, Moral zu predigen«, sagte er. »Vielleicht würden Sie anders empfinden, wenn Sie an meiner Stelle gewesen wären. Man kann nicht einfach zusehen, wie alle Hoffnungen und alle Pläne im letzten Augenblick zerstört werden, ohne wenigstens den Versuch zu machen, sie doch noch zu retten. Mir schien es jedenfalls keine entehrende Ruhestätte, wenn wir sie vorübergehend in einen der Särge legten, in denen die Vorfahren ihres Gatten bestattet waren. Es ist ja auch heute noch geweihter Boden. Wir öffneten also einen Sarg, nahmen den Inhalt heraus und betteten sie so, wie Sie es selbst gesehen haben. Was die alten Überreste betraf, die wir herausgeholt hatten, so konnten wir sie nicht einfach in der Gruft herumliegen lassen. Norlett und ich brachten sie fort, und er stieg des Nachts in den Keller und verbrannte sie im Heizofen. Das ist meine Geschichte, Mr. Holmes, und ich frage mich, wie es Ihnen gelingen konnte, sie mir abzutrotzen.«

Holmes saß einige Zeit in Gedanken verloren da.

»Ihre Darstellung hat eine schwache Stelle, Sir Robert«, sagte er schließlich. »Ihre Rennwetten und damit Ihre Hoffnungen für die Zukunft gelten doch auch noch, wenn Ihre Gläubiger Ihren Besitz beschlagnahmen.«

»So einfach liegt die Sache nicht. Das Pferd ist Teil des Besitzes. Was scheren die sich um meine Wetten? Und wahrscheinlich würden sie es gar nicht erst starten lassen. Mein Hauptgläubiger ist nämlich leider auch mein erbittertster Feind – ein niederträchtiger Bursche, Sam Brewer, den ich einmal mit der Reitgerte auf dem Newmarket Heath verprügelt habe. Meinen Sie etwa, er würde mir dabei helfen, mich vor dem Ruin zu bewahren?«

»Tja, Sir Robert«, sagte Holmes und erhob sich, »dieser Fall muß natürlich der Polizei vorgetragen werden. Es war meine Pflicht, die Umstände ans Licht zu bringen, und damit ist es für mich getan. Was die Moral und Schicklichkeit Ihres Vorgehens betrifft, so steht mir darüber kein Urteil zu. Es ist fast Mitternacht, Dr. Watson, und ich glaube, wir sollten uns allmählich auf den Heimweg in unsere bescheidene Unterkunft machen.«

Inzwischen ist es weithin bekannt, daß diese ungewöhnliche Geschichte einen glücklicheren Ausgang nahm, als Sir Robert es eigentlich verdiente. Shoscombe Prince gewann tatsächlich das Derby, der stolze Besitzer strich achtzigtausend Pfund ein, und die Gläubiger, die sich bis nach dem Rennen zurückgehalten hatten, konnten voll ausbezahlt werden. Darüber hinaus blieb noch genügend Geld übrig, um Sir Robert eine anständige Grundlage für einen Neuanfang zu geben. Polizei und Untersuchungsrichter betrachteten die Transaktion mit der Leiche in günstigem Licht, und abgesehen von einem leichten Tadel wegen der verspäteten Meldung vom Ableben der Lady kam der Baronet ungeschoren aus dieser seltsamen Sache heraus. Sein Lebensabend versprach nach einer Karriere mit vielen Schatten nun doch noch ein ehrenvoller zu werden.